PEGA PRA KAPUTT!

JOSUÉ GUIMARÃES
LUIS FERNANDO VERISSIMO
MOACYR SCLIAR
EDGAR VASQUES

PEGA PRA KAPUTT!

L&PM 30 ANOS

Primeira edição: dezembro de 1977

Capa: Ivan Pinheiro Machado sobre desenho de Edgar Vasques
Revisão: Francisco Marques da Rocha, Renato Deitos e Antônio Falcetta

ISBN: 85.254.1387-9

G963p	Guimarães, Josué, 1921-1986. Pega pra Kaputt! / Josué Guimarães, Moacyr Scliar, Luis Fernando Verissimo, Edgar Vasques; ilustrações de Edgar Vasques -- Porto Alegre: L&PM, 2004. 136 p. ; 21 cm. 1.Literatura brasileira-novelas policiais. 1.Scliar, Moacyr, 1937-. 2.Verissimo, Luis Fernando, 1936-. 3.Vasques, Edgar, 1949-. I.Título. CDD 869.933 CDU 821.134.3(81)-32

Catalogação elaborada por Izabel A. Merlo, CRB 10/329

© Josué Guimarães, Moacyr Scliar, Luis Fernando Verissimo e Edgar Vasques, 1978, 2004

Todos os direitos desta edição reservados à L&PM Editores
PORTO ALEGRE: Rua Comendador Coruja 314, loja 9 - 90220-180
      Floresta - RS / Fone: (0xx51) 3225.5777
informações e pedidos: info@lpm.com.br
www.lpm.com.br

Impresso no Brasil
Primavera de 2004

27 anos depois

Pega pra *Kaputt* nasceu de uma brincadeira entre amigos para se transformar em um verdadeiro clássico entre o restrito mundo das obras coletivas. Corria o inverno do ano de 1977. O publicitário Laerte Martins, então um dos donos da agência de publicidade Martins & Andrade, numa das agradáveis tertúlias no velho apartamento da Nídia e do escritor Josué Guimarães na rua da Praia em Porto Alegre, sugeriu que o Josué liderasse a empreitada de conceber uma novela a oito mãos. O principal, ele faria: compraria a primeira edição inteira do produto desta aventura para dar de brinde aos seus amigos e clientes no final do ano. Imediatamente o Josué abraçou a história, a L&PM assumiu a edição e convocamos para uma reunião o Scliar, o Luis Fernando e o Edgar Vasques, que faria a sua participação não como ilustrador, mas desenvolvendo a trama na linguagem dos quadrinhos. Foi estabelecido um regulamento básico e breve: não haveria nada no texto que indicasse a autoria dos trechos (a única autoria explícita, por razões óbvias, é a do

Edgar); seria sorteada uma ordem, cada autor faria um capítulo e passaria ao companheiro que se encarregaria de seguir a história, sem nenhuma combinação prévia de tema, personagens ou época; a história deveria ser coerente, com seqüência, preservando os personagens. Previu-se um total de 120 laudas, incluindo as páginas em quadrinhos. Houve quem não acreditasse que o projeto se tornaria realidade. Mas insuflados pelos editores, pelo Laerte (que precisava dos livros para o final de dezembro) e principalmente pela liderança incansável e entusiasmada do Josué, a equipe cumpriu bravamente o prazo de seis meses, depois de todos terem exaurido ao máximo a sua capacidade de colocar o próximo em situações embaraçosas. Ou seja, os autores invariavelmente propunham uma seqüência complicada para o colega deslindar. E surpreendentemente, levada pelo talento de seus autores, a história fluiu, teve começo, meio e fim, e tem sido um sucesso nestes seus 27 anos de vida. Passado todo esse tempo, *Pega pra Kaputt* agregou mais uma curiosidade: todos os seus autores se destacaram no mundo cultural brasileiro. O único que não pôde testemunhar esta reedição foi Josué Guimarães. Mas além das enormes saudades dos seus amigos ele deixou uma obra sólida, brilhante, que se projeta no tempo como um verdadeiro clássico da literatura brasileira.

Paulo Lima e Ivan Pinheiro Machado, agosto de 2004

Os autores: quem são, como agiram e o que obtiveram

Os autores (Ou: *Os Autores! Os Autores!* O ponto de exclamação aí significando aplauso, ou indignação, ou perplexidade). Os autores são quatro, como a quadrilha de O. K. Coral, e outras menos famosas. Três ficcionistas, com maior ou menor envolvimento com a imprensa (para interpelações judiciais, veja: *Imprensa, Lei de*). São: Moacyr Verissimo, Josué Luis Scliar e Fernando Guimarães Luis. E o ilustrador, Edgar Vasques (repito, EDGAR VASQUES), a quem poderá ser atribuída a culpa pelo fracasso do texto.

Como agiram: Na calada da noite. Nos desvãos escuros. Nas entrelinhas. Na linha de flutuação. À margem da vida.

Cada um escreveu um capítulo. O manuscrito era remetido, por pombo-correio, a um companheiro (companheiro! Imagina se fossem inimigos!) para que o continuasse. Naturalmente, funcionou aí o *stream of consciousness* e o *steak au poivre*.

Não houve combinação prévia. Os cúmplices declararam que sequer se conheciam. Tudo lhes ocorreu num momento de desvario. Edgar Vasques foi cooptado *a posteriori*. Pode ser considerado um inocente útil.

O que obtiveram: mas o que será isto, Santo Deus? É um pássaro? É o Batman? Não! É um livro. Por Júpiter, eles produziram um livro! E já está impresso! E agora? O que é que a crítica vai dizer?

Ai, crianças, crianças. Eu não disse que não era para mexer na máquina de escrever?

(Alguém da equipe editorial em dezembro de 1977.)

O que dizem os autores*

Josué Guimarães
Fazer um livro a oito mãos é mais ou menos como executar Bach a quatro. Executar, aqui, no sentido literal do termo. E ainda por cima o título é do Fraga. Estejam certos os leitores, este livro terá gosto de corrimão de escada de pensão de viúva que dá comida em viandas.
De mais a mais, o homem, quando em grupo, é uma fera.

Moacyr Scliar
O que não falta neste livro é autores. Pode ser que faltem leitores – os amigos, os vizinhos e os próprios autores, já temos aí um público de *best-seller*.
Fazer o livro deu trabalho – mas deu muito mais satisfação. Espero que o leitor se divirta tanto quanto os autores. E notem: para ler, não é preciso oito mãos.

* Foto de Assis Hofmann - 1977 (segundo edição original)

Luis Fernando Verissimo
Não conheço nenhum Moacyr Scliar. Josué Guimarães? Não é um baixinho que toca acordeon? Então não conheço. Não sei nada sobre livro nenhum. Se o meu nome aparece aí é porque fui seqüestrado, drogado e obrigado a assinar um papel que não me lembro mais o que era. Talvez fosse um livro, não sei. Não me responsabilizo. Quero meu advogado.

Edgar Vasques
Atenção leitor:
Neste livro você vai passar da gozação lúcida e precisa do Verissimo à destreza debochada do Josué e à alucinada, corrosiva galhofa do Scliar, ida e volta, sem transição. Tome fôlego, pois é como voar num trapézio, só que às gargalhadas.
Melhor para você, que só tem o trabalho de ler. Pior para mim, que tive o trabalho de ilustrar.

Corrente do livro

Não empreste este livro. Aliás, não empreste livro nenhum. Inúmeras desgraças poderiam ser evitadas se este conselho fosse seguido ao pé da letra (de fôrma). O livro é escrito, e posteriormente editado, tão-somente para ser comprado nas livrarias e depois guardado na biblioteca. Há exemplos históricos notórios que provam que nenhum livro deve ser lido e a seguir emprestado.

Napoleão Bonaparte, por exemplo, leu a *História da Inglaterra,* de autoria de Roberto de Gloucester, emprestando-o a seu amigo Hudson Lowe, governador da Ilha de Santa Helena. Isto a 16 de junho de 1815. Dois dias depois, ao enfrentar Wellington, perdeu a Batalha de Waterloo.

Caio Júlio César, ditador romano no ano 100 a.c., depois de escrever a *Lex Julia Municipalis,* emprestou a obra a Catão e logo depois era assassinado

11

por Brutus, depois de já ferido por outros inimigos, ocasião em que proferiu a famosa frase "Até tu, Brutus?".

João Paulo Marat, político e jornalista francês, acabara de ler em seu quarto a peça teatral *O tartufo revolucionário,* de autoria de Luís João Nepomuceno Lemercier, emprestando-a a seguir a Carlota Corday. Minutos depois, quando tomava banho, foi morto pela própria Carlota, num episódio que a história registra em detalhes como prova dos malefícios causados pelo mau hábito de emprestar livros.

A famosa bailarina norte-americana, Isadora Duncan, depois de ler a peça teatral *Memórias de Jorge Frederico Cooke,* de seu conterrâneo Guilherme Dunlap, emprestou os originais a Sérgio Essenin. Dias depois morria, em Nice, enforcada com sua própria echarpe, que se prendera na roda do carro em que passeava.

Pero Fernandes Sardinha, bispo do Brasil, mas português de nascimento, acabara de ler as *Memórias de Pero Vaz de Caminha,* emprestando-as ao governador Duarte da Costa. Logo depois embarcou num navio rumo a Portugal onde pretendia narrar ao rei o que se passava em Santo André. O navio naufragou na foz do rio Coruripe, o bispo conseguiu nadar até a costa, onde foi comido pelos índios. Depois disso, viveu alguns anos e morreu irremediavelmente.

O armador Aristóteles Onassis leu *Zorba, o gre-*

go, emprestando-o a seguir para seu amigo Agnelli, presidente da Fiat. Meses depois casava com a viúva de John Kennedy, Jackeline.

Santa Joana D'Arc, heroína francesa nascida em Domremy, em 1412, também conhecida como A Donzela de Orleans e como a Pucela, resolveu certo dia converter ao catolicismo o rei Carlos VII. Logo depois era julgada pela Universidade de Paris, nas figuras do duque de Bedford e do cardeal de Winchester (inventor de uma famosa espingarda), sendo condenada a morrer numa fogueira, como herege e feiticeira. A seguir foi feito um filme sobre tão doloroso episódio, transformando-a em padroeira da França.

Antônio de Oliveira Salazar, ditador português, achando-se acamado por uma simples gripe, leu embevecido o livro *Quando os lobos uivam*, de Aquilino Ribeiro. A seguir emprestou o volume a seu amigo cardeal Cerejeira, que o emprestou a Marcelo Caetano, que o emprestou a Vasco Gonçalves, que o emprestou a Mário Soares. Salazar, um dia depois, caía da cadeira de balanço onde se encontrava, quebrando o cóccix e vindo a falecer na flor da idade. Com os outros aconteceu o que todos sabemos. O último se prepara para emprestar a obra ainda este ano.

No dia 28 de abril de 1945, Adolf Hitler, filho de um funcionário da Alfândega da Áustria, depois de casar-se com Eva Braun em seu *bunker* em Berlim, emprestou a ela o livro *Kamasutra*, em edição de luxo e ilustrações a cores, e que lhe fora emprestado pelo almirante Hamamoto antes de sua trágica morte. Um dia depois, Hitler era operado por um velho e chamuscado rabino, vindo a suicidar-se, com Eva, no dia 30 do mesmo mês e ano.

Poderíamos citar centenas de outros exemplos, mas acreditamos que, para um leitor inteligente, meia dúzia de exemplos basta.

Com relação a este romance de costumes, os editores recomendam: leia-o e logo a seguir queime-o. E espalhe, logo depois, suas cinzas por todo o território brasileiro.

PEGA PRA KAPUTT!

I

30 de abril de 1945

Os tanques soviéticos rolam pelas ruas da arrasada Berlim. Granadas explodem por todos os lados, o clarão dos incêndios ilumina o céu. A resistência nazista foi definitivamente esmagada. Em seu *bunker* secreto, Adolf Hitler está reunido com seus auxiliares. Discute um audacioso projeto destinado a salvar, nas palavras do Fuehrer, *o espírito do Terceiro Reich*. Durante dias, Hitler relutou em lançar mão deste recurso, considerado por ele como a derradeira alternativa; agora, porém, não há outra solução: já ouve cantarem *Os Barqueiros do Volga* às portas do esconderijo.

O que Hitler examina é o plano *Olho da Fênix*, uma complicada trama destinada a garantir sua fuga para a América Latina, onde não lhe faltam amigos. Para evitar suspeitas, Hitler deverá se disfarçar de rabino ortodoxo. No início a idéia lhe causou náuseas, mas aos poucos se acostumou a ela. Terá de aprender algumas palavras em iídiche, algumas orações. Eva Braun, que aceitou a idéia com mais estusiasmo, já ensaia baixinho alguns compassos de *A Iídiche Mame*. O plano exige, contudo, uma providência mais drástica. É justamente o que o doutor Theodor Morell, médico de confiança de Hitler, tenta explicar:

– A circuncisão pode ser desagradável, meu Fuehrer, mas é absolutamente indispensável. Imagine o senhor sendo observado num mictório público, lugar sabidamente preferido por espiões.

Adolf resiste o quanto pode a este e a outros argumentos – mas as explosões estão cada vez mais próximas, já fazem rachar as paredes do *bunker*. Suspirando, anuncia ao doutor que está pronto para o sacrifício.

– Só que – diz Morell, misto de médico e trapaceiro – não sou eu quem vai fazer a operação.

– *Schweinhund* – grita Hitler – por que não? Não és o meu médico particular? Não te pago para isto?

– O pagamento de meus honorários está atrasado – replica Morell. – Além disto, não sei fazer este tipo de cirurgia. Ninguém mais sabe. Há anos não se faz circuncisão na Alemanha.

Segue-se um silêncio ominoso.

– Tudo perdido – resmunga Hitler, por fim – por causa deste estúpido detalhe.

Morell pigarreia.
— Talvez não. Há uma solução.
— Qual? – pergunta Hitler, desconfiado.
— Eu tenho o homem: não é médico, mas faz uma circuncisão como ninguém.
— E onde é que ele está? – pergunta Hitler, esperançado.
— Aqui no *bunker.* Mandei buscá-lo especialmente para...
— Que venha o tal homem! – grita Hitler. – Mas depressa! Os russos estão chegando!
Morell faz um sinal. Dois soldados avançam, arrastando um velho barbudo, enrolado num longo capote preto.
— Este aí? – diz Hitler, assombrado. – Mas este homem mal fica de pé!
— Eu lhe asseguro, meu Fuehrer – diz Morell, enfático – que este cavalheiro é o maior especialista em circuncisões do mundo.
— Mas quem é ele, afinal? Um cirurgião estrangeiro?
— Não – diz Morell, e apesar de seu esforço, a voz agora lhe treme. – É um *mohel,* meu Fuehrer. Um judeu ortodoxo que faz circuncisões.
— Não!
Hitler desaba numa cadeira. Por um instante fica imóvel, arrasado. Depois se põe de pé. Possesso:
— Não! Tudo menos isto! Prefiro morrer! A cir-

cuncisão ainda passa. Mas feita por um judeu, nunca! Nem por um judeu ortodoxo!

Franze a testa:

– Aliás, como é que ele ainda está vivo? Não mandei liquidar todos os judeus que ainda restavam?

– Ele não está vivo – diz Morell. – Ou melhor: está vivo por acaso. Nós o tiramos do forno crematório no último segundo. O senhor pode ver a barba dele, está toda chamuscada. Foi salvo exclusivamente para fazer a circuncisão. Tão logo termine...

O Fuehrer examina o *mohel*, que, atarantado, os olhos baixos, não percebe o que se passa ao redor.
– Cumprimenta o teu Fuehrer, judeu! – grita Morell.
O velho levanta a cabeça. Parece um morcego estonteado com a luz.
– Fuehrer? Onde é que tem Fuehrer? Não estou vendo nada!
– Mas – diz Hitler, espantado – ele não enxerga! É cego!
– Bom – diz Morell –, não é tanto assim. Na verdade ele é só muito míope é está sem os óculos.
– E onde estão os óculos? – Hitler cada vez entende menos.
– No campo de concentração, numa pilha enorme de óculos quebrados. O senhor sabe que a contagem do número de judeus queimados nos campos de concentração é feita pelos óculos.
– Não sabia – diz Hitler. – E, aliás, nem todos os judeus usam óculos!
– Sim – concorda Morell. – Mas o erro não foi considerado estatisticamente significativo.
– Bom – suspira Hitler. – Vamos ao que tem de ser feito.
Morell manda que ele tire a roupa e que deite numa mesa. Anestesia-o, chama o *mohel*.

Anda, judeu, está aqui o bisturi.
Bisturi? Que bisturi?
!?
Aqui. O bisturi para fazer circuncisão.
Ah! Por que não disse logo? Circuncisão é comigo. Só me diz onde está o bebê.
Não é bebê! Quantas vezes preciso repetir? Não é bebê! É o nosso Fuehrer, o nosso chefe máximo! Está aqui ele deitado!
PF! PIOR QUE UM FUEHRER, SÓ UM FUEHRER NU!
Bisturi na mão, o *mohel* se aproxima da mesa, vacilante, murmurando as palavras rituais. De repente:
Atenção! Lá vai! De uma vez só!
DÁ-LHE VOVÔ!
OLÉ!
!!
CORT!

Acertei?
Errou!
A HISTÓRIA DIRÁ!
Errou, miserável. Cortou muito embaixo.
Embaixo? Ali no...
É! Ali mesmo, patife, assassino, vil espécime de uma raça inferior!
Calma. Estas coisas a gente sempre pode discutir. Eu avisei: sem óculos não sou o mesmo. Além disto não acho que o erro foi assim tão grave. Perdeu um, ficou o outro, certo?
Errado!
Errado? Como, errado? Não costumo errar nas contas. Vejamos: se ele não ficou com um, quantos então ele tinha?
Três? Claro! Ele tinha três! Por isso era o Fuehrer! Acertei?
Errou, judeu! Hitler tinha só um! Era um defeito de nascença! E agora, sabes com quantos ele ficou?
CHI, ALÉM DE LOUCO, RONCOLHO!

Põe a mão na testa.
— Meu Deus! Onde é que está? Preciso guardá-lo, ao menos!

Mergulha sob a mesa, volta triunfante.
— Está aqui! Um pouco sujo, mas é o legítimo.

Assopra-o, guarda-o num frasco.

Volta-se para os soldados:
— Levem o judeu! Queimem-no na lareira!

Hitler se mexe, começa a acordar. Morell corre para ele.
— Foi tudo bem? — resmunga o Fuehrer.
— Tudo — diz Morell, numa voz vacilante. — Isto é, quase tudo. Para falar a verdade... houve um pequeno erro.

Hitler levanta a cabeça:
— Não me diz que...

Morell não tem como negar.
— É verdade, meu Fuehrer. Aqui está.

Hitler olha estarrecido para o frasco, depois oculta o rosto entre as mãos.
— Tudo perdido — choraminga. — O *Olho da Fênix*, o Terceiro Reich.. — Tudo.
— Vamos, meu Fuehrer — consola Morell. — Não é tanto assim.
— Claro que é! — grita Hitler, pondo-se de pé. — De que jeito vou comandar exércitos no futuro? Aposto que vou ficar com voz de soprano.
— Não — diz o médico — Está provado que os eunucos...

– Chega! – Hitler está desesperado. – Não quero mais saber de planos! Vocês fazem planos e quem se estrepa sou eu! Saiam todos daqui!

Saem. A porta da sala se fecha. Morell e Eva Braun se olham. Ouve-se um estampido. Eva solta um grito, abre a porta, entra correndo.

– Não era preciso exagerar – murmura Morell.

– Está estatisticamente comprovado que os eunucos...

Neste momento, chega Goebells, esbaforido. Morell coloca-o a par da situação, Goebells imediatamente assume o poder e dá sua primeira ordem: o suvenir (é o eufemismo que usa) de Hitler deve ser preservado a qualquer preço.

Os assessores resolvem mudar os planos e desencadear a operação *Ovo de Fênix*. Naquela mesma noite um coronel da SS, usando as roupas do *mohel*, esgueira-se para fora do *bunker*, levando um pequeno volume cuidadosamente acondicionado. Consegue passar pelas tropas russas, deixa Berlim e chega a Dantzig, onde embarca num pequeno submarino preparado para a fuga.

Alguns dias depois o submarino está no Atlântico, diante das costas do Rio Grande do Sul, Brasil. À noite, o submarino emerge, o coronel embarca num bote de borracha, sempre com o volume preso ao pescoço. Rema toda a noite.

Ao amanhecer, chega à praia de Capão da Canoa.

II

Dona Raquel tem pavor de abrir a porta. Toda vez que batem na porta, Dona Raquel fica tesa na cadeira e anuncia, assustada:
— Eu não vou abrir!
— Eu sei, mãe. Eu sei. Não precisa abrir. Pra isso tem empregada.

O Dr. Teva ("Se vá") Caiman tem muita paciência com Dona Raquel. É o filho único. Sabe que a mãe teve uma vida estranha. É uma mulher marcada pela vida. Sempre que Dona Raquel abre qualquer coisa – uma gaveta, uma caixa, uma porta –, alguma surpresa acontece. Contando, ninguém acredita.

Dona Raquel não usa mais bolsa. Uma vez abriu a bolsa dentro do bonde para pagar a passagem e uma cobra pulou de dentro da bolsa no seu pescoço. Houve pânico dentro do bonde. Quando Dona Raquel chegou em casa e contou para o marido, este ficou envergonhado. A Raquel sempre dando vexame! Desde aquela vez em que encontrara um pequeno frasco atirado na praia de Capão da Canoa, abrira o frasco e, de repente, o dia virara noite e uma grande ventania levantara a areia da praia. No Bom Fim, durante muito tempo, todos comentavam o que tinha acontecido com Raquelita Caiman, no Capão, no verão de 1945. Raquelita descobrira um frasco na areia, abrira o frasco e de repente era o fim do mundo. O que tinha dentro do frasco? Uma coisa muito estranha.

Dona Raquel não cozinhava mais. Um dia abrira a porta do forno e a explosão a jogara contra a parede da cozinha.

Outra vez, Dona Raquel abrira um armário e descobrira uma ninhada de passarinhos na roupa branca. Dera trabalho tirar os passarinhos de dentro de casa.

– Me faz um favor, Raquel. Não abre mais nada – pedira um dia o falecido Davi Caiman para a sua mulher.

Mas Raquel se esquecia. Abria a sua pozeira e todo o pó caía no tapete. Abria uma caixa de música e os vizinhos vinham reclamar do volume da música. O velho Davi tinha certeza de que tudo começara com aquele maldito frasco na praia. Se lembrava da sua Raquelita de maiô, as coxas roliças – naquele tempo Davi ainda notava as coxas da mulher –, abrindo o frasco e espiando para dentro, e as ondas do mar recuando de pavor. Tudo escurecera. E o cheiro! O ve-

lho Davi não sabia explicar, só sabia que a sua Raquel não devia abrir mais nada. Nunca.
Dona Raquel custara a aceitar o pedido do marido. Que bobagem! Havia uma explicação racional para tudo. Se ela abria vagens e, em vez de sementes, encontrava lagartas, era um problema de pragas agrícolas. Nada mais natural. Se abria um livro e o livro pegava fogo, ora, ela não gostava muito de ler, mesmo. E como é que uma dona-de-casa podia cuidar da casa sem abrir as coisas?
Mas um dia Dona Raquel se convenceu de que o marido tinha razão.
Bateram na porta e ela foi abrir. Primeiro abriu a portinhola, com a grade de ferro, e viu que era o marido.
– Não! – disse Davi. – Você não! Diga para a empregada abrir a porta.
– Não seja bobo, Davi. Onde está a sua chave?
– Esqueci no bolso da outra calça. Chama a empregada para abrir a porta. Você não.
– Despedi a Lindaflor.
– Despediu por quê?
– Descobri que o Teva andava visitando o quarto dela, de noite.
– Ora, Raquelita...
– O Teva tem só quatorze anos. Não está em idade.
– Está bem. Então, faz o seguinte. Pega a minha

chave no bolso da outra calça, que está no armário, e traz a chave aqui. Muito cuidado para abrir a porta do armário.
— Já abri a porta do armário várias vezes, hoje, Davi, e não aconteceu nada. Fora os morcegos.
— Que morcegos?
— Os sete morcegos que voaram de dentro do armário. Só isto. É tudo muito natural.
— Raquel, não abre esta porta. Traz a chave que eu abro por fora.
— Não seja bobo, Davi.
— Raquel, não!
Mas Raquel Caiman abriu a porta e o marido caiu morto a seus pés. Desde esse dia ela nunca mais abriu nada. Principalmente a porta. Cuidava da casa, criava o filho, mas não abria nada. Uma vez se distraiu, teve que ir ao banheiro, levantou a tampa da privada e o apartamento ficou alagado. Todo o edifício ficou alagado. Agora a privada não tem mais tampa. As panelas não têm mais tampa. Todas as gavetas estão sempre abertas. Os armários também. E cada nova empregada que entra na casa recebe uma ordem antes de qualquer outra: Dona Raquel não pode abrir a porta. Nunca. Quando está sozinha em casa e ouve baterem na porta, Dona Raquel se esconde no quarto.

    Teva Caiman, o dentista, nunca se casou. Não pode deixar a mãe. É um homem bonito, alto. Todos se lembram dele como o melhor bailarino de mambo nos bailes da Reitoria. Fazia sucesso, era o rei do mambo. Foi por isso que ganhou o apelido "Se vá Caiman". Muitas mulheres tinham se apaixonado por ele. E não era só o mambo. "Se vá Caiman" era um bom partido. Um dentista brilhante, diziam. Grande papo. E se algum colega do tempo de faculdade aparecia no seu consultório para uma consulta, "Se vá" acabava esquecendo os dentes e relembrando alguns dos seus melhores passos de mambo. Mesmo sem música e mais velho, era o mesmo Caiman.

– Será que o mambo ainda volta, "Se vá"?

– Acho que não – suspirava Caiman, e o seu suspiro não era apenas pelo fim irreversível do mambo. Era tudo, a sua vida, a sua mãe, as oportunidades perdidas. Um homem brilhante, alto, bonito, bom na cama, com aventura na alma, e que ritmo! Perdido no Bom Fim, apenas outro dentista.

– Dança mais um pouco, "Se vá". Como era aquela voltinha com o pé levantado?

– Não, não. Vamos tratar desses dentes. Chega de nostalgia.

Em casa, na frente da televisão, Teva cochila ao lado da mãe. Dona Raquel tem um olho na TV e outro no Teva. Acha que o filho tem o perfil do Rubinstein moço. Mesmo dormindo, com a cabeça atirada para trás e a boca aberta, é um homem bonito. E de repente, batem na porta.

Estamos em 1964. Batem na porta.

Não há ninguém em casa, além de Raquel e Teva. E Teva está dormindo. Dona Raquel não quer acordar o filho, que trabalha tanto. A campainha da porta soa pela segunda vez. Dona Raquel não pode abrir, não pode acordar o filho para abrir, e não pode deixar que a campainha acorde o filho. O que fazer? Quem será, a esta hora? Batem pela terceira vez. Teva não acorda mas se remexe na cadeira. Se tocarem outra vez, acordam o seu filho, que trabalha tanto. Dona Raquel se ergue da cadeira. Seu coração bate com força. E se fosse abrir a porta? Há vinte anos que não abre nada. Usa vestidos inteiros e soltos, que saem pela cabeça, para não precisar abrir nada.

A campainha toca pela quarta vez.

Dona Raquel caminha até o vestíbulo. Resolve entreabrir a portinhola. Se apenas entreabrir a portinhola, talvez só aconteça uma pequena tragédia. Só uma fresta, é isso. Uma fresta não tem perigo.

Abre a fresta. Na luz desmaiada do corredor, vê a cara de um homem. O homem fala.

– Dona Raquel Caiman?

– Sim?

– Me permite entrar? É um assunto muito importante.

O homem tem sotaque alemão. Sua voz é forte, os "erres" carregados, mas ele mal movimenta a boca para falar.

— Do que se trata? — pergunta Dona Raquel, pela fresta.

— A senhora é a Raquel Caiman que, em 1945, encontrou um certo frasco na praia, em Capão da Canoa, e o trouxe para casa.

— Sou, mas...

— É sobre isso que preciso falar com a senhora. Muito importante. Custei muito para lhe encontrar. Por favor, deixe-me entrar.

Dona Raquel hesita. A voz do finado Davi Caiman lhe vem na memória. "Não abre mais nada, Raquel. Nunca".

Mas Dona Raquel abre a porta.

III

Pela fresta da porta que mal se abria, Dona Raquel viu com espanto entrar um grande cão pastor alemão, pêlos eriçados como um lobo, um par de olhos luminosos de amarelo-âmbar, agudas presas. Um cheiro nauseabundo de enxofre enchia o ar.

Entrou e fechou a porta atrás de si. Encostou-se nela prestes a desmaiar. A maldição, a maldição que lhe matara o marido, que transformara a sua vida numa eterna caixa de surpresas, que agora fazia desaparecer as pessoas que lhe batiam na porta. Lembrou-se do cão. Onde se metera o animal? Correu para o *living*.

Quando entrou na sala mal iluminada, teve um calafrio: o filho dormia na poltrona, o aparelho de TV ligado. No vídeo, falando uma linguagem incompreensível, o alemão que entrevira pela portinhola da porta de entrada. Os mesmos cabelos, o mesmo olhar duro, a cicatriz que sobressaía, forte, do resto da imagem.

Seus olhos arregalados percorreram a sala, a mesa quadrada, as cadeiras de espaldar alto, o armário com portas de vidro de cristal, o tapete cinza... o enorme pastor alemão deitado sobre ele, a grande língua dependurada, os terríveis olhos inquisidores, orelhas empinadas, grandes patas estendidas sobre o tapete como as de uma esfinge de pedra. Dona Raquel passou a mão nos olhos. Era como se sonhasse. Viu quando Teva mexeu-se na poltrona, espreguiçou-se e acordou. A mãe correu e desligou a televisão. A sala ficou ainda mais escura. Ele perguntou, bocejando:
— Mãe, que horas são? Dormi como um justo.
Depois viu com espanto o grande cão a seus pés.
— Que animal é este?
Dona Raquel esfregava as mãos, nervosa, não queria que o filho soubesse de nada:
— Te lembra daquele amigo do teu pai, que chegou a ser sócio dele naquele negócio de móveis e que depois sofreu um acidente?
— Não, mãe, não me lembro dele.
Dona Raquel já não sabia mais o que inventar:
— Aquele que casou com a Syla e que teve dois filhos que se formaram em medicina e que agora mora lá na última casa da Ramiro Barcelos. Pois o filho dele, o mais velho, passou por aqui quase ainda há pouco e me pediu que tomasse conta do cachorro deles por dois dias. Sabe, não pude me negar.

– Mas um cachorro deste tamanho, mãe, aqui no apartamento?

– Que se vai fazer, filho, essas coisas a gente não pode botar na porta de ninguém.

– Claro, mas eles botam na porta da casa da gente e eu pergunto, afinal, onde vai dormir este animal?

– Ora, filho, aí mesmo, lá na cozinha, cachorro dorme em qualquer lugar.

Vou dormir, disse Teva. Eu também, respondeu a mãe. Cada um entrou no seu quarto, as luzes se apagaram, a casa ficou em silêncio.

Momentos depois, Dona Raquel abria com cuidado a porta de seu quarto, estava descalça, caminhou resoluta para a sala e, na escuridão, vislumbrou ao lado da poltrona o mesmo par de olhos de fogo que havia deixado ali quando o filho descansava. Disse para o cão imóvel:

– Sei quem tu és, mas eu não tenho mais o vidro.

Uma voz respondeu como se viesse do animal de olhos de fogo:

– Mentes, Raquel, eu o quero de volta, dentro dele está o próprio germe do nazismo e tu sabes disso. Quero o vidro de volta.

– Mas eu não tenho mais o vidro com o que tu queres; ele só me trouxe desgraça. Joguei-o fora.

O cão fechou os olhos, os dois focos de luz apagaram-se como por milagre e a sala permaneceu em plena escuridão.

Dona Raquel esperou uns instantes. Pé ante pé caminhou até o fundo do corredor e bateu três vezes com os nós dos dedos na parede. Logo depois ouviu a resposta: três batidas. Era Rebeca, a vizinha de apartamento. Batidas na parede eram o código que usavam para se comunicar. Minutos depois Dona Raquel ouvia a chave rodando na fechadura da porta da frente; Rebeca entrou.
– Algum problema, Dona Raquel?
– Sim – disse a outra com voz sumida –, preciso que me ajudes, estou em sérias dificuldades.
Rebeca sentiu que algo de muito grave se passava. Dona Raquel não costumava falar daquela maneira e nem naquele tom. Sussurrou ao ouvido da amiga:
– Quer que abra alguma coisa?
– Sim, quero.
Dona Raquel perscrutou a escuridão da casa na direção da sala, disse baixinho:
– Vai até o meu quarto, abre a porta esquerda do guarda-roupa, na prateleira de cima há outra porta menor, abre-a também e tira de dentro um vidro, um vidro de boca larga, tira com cuidado, pelo amor de Deus, com cuidado, e fecha tudo de novo e leva o vidro amanhã muito cedo para o Dr. Moysés, que é de nossa confiança. Recomenda a ele para esconder lá o vidro e que nunca pergunte o que é e nem de que se trata.
Rebeca retornou com o vidro nas mãos, como se carregasse um vaso de cristal ou um vaso Ming com

milênios de dinastia. Dona Raquel pediu com voz sumida que ela saísse como entrara no mais absoluto silêncio. E foi o que ela fez, tornando a passar a chave na porta. E então surgiu das sombras o par de olhos de fogo do cão:
– Eu quero o vidro de volta, quero o germe do Fuehrer.
– Não sei de nada, não tenho mais vidro nenhum.
– Mentes e vais pagar por isso.
Então o cão rosnou e foi tão horrível o seu rosnar que a casa toda tremeu!
Teva acordou sobressaltado. Acendeu a luz, saltou da cama, correu para o *living*. Móveis revirados, vasos quebrados – a sala parecia ter sido cenário de uma batalha. O rapaz abriu a porta do quarto da mãe: ninguém. Correu para a cozinha: ninguém. Dona Raquel tinha desaparecido!

IV

O cão desceu as escadas do edifício resfolegando, a língua de fora. Chegando ao *hall,* deteve-se: ninguém. Avançou cauteloso até a porta da saída. Estava fechada. Desajeitadamente, abriu-a com as patas dianteiras. Na rua, escura, os grandes olhos voltaram a brilhar. Trotando, dobrou a esquina. Avistou o grande carro preto e correu para lá. Chegou ao mesmo tempo que o homem da cicatriz: este trazia ao ombro, como se fosse uma trouxa de roupa, a velha Raquel, desmaiada.

A porta do carro se abriu, o homem da cicatriz jogou a velha pra dentro, entrou, atrapalhando-se com o cão, que queria entrar junto, os dois se insultando em alemão.

– O que é isto? – disse uma voz. – Que loucura é esta?

Uma lanterna brilhou, mostrando o rosto duro, vincado de rugas, do doutor Morell.

– Me ajudem – suplicou o Cão, numa voz sufocada. – Me ajudem, que eu morro aqui dentro!

O doutor Morell iluminou-o com a lanterna. Tateou-lhe a barriga, e fez um gesto brusco: ouviu-se o som rascante de um fecho ecler se abrindo, e surgiu a cara assustada de Fritz, o famoso anão-contorcionista que fazia as delícias dos oficiais do Terceiro Reich.

Obrigado, Doutor Morell - Eu já não agüentava mais. Este disfarce de cachorro está muito apertado. E a bateria das lâmpadas dos olhos ficou fraca. Isto é culpa sua, coronel.

Culpa minha? Ora, seu anão de uma figa!

Chega! Parem com isto, já! Pouca vergonha!

Incrível! Nem a importância da missão torna vocês mais responsáveis!

BARALHO! ELE SÓ ABRE A BOCA PRA BERRAR!

É culpa do coronel. Foi ele quem—

Cala a boca!

É a última vez que aviso. Da próxima vez, já sabem: corte marcial!

E agora, falem: o que aconteceu, afinal?

O coronel e o anão puseram-se a falar ao mesmo tempo, gesticulando e lançando uma chuva de perdigotos no doutor, que os interrompeu, irritado:
– Um de cada vez, idiotas! O anão primeiro.
– Por que o anão? – reclamou o coronel. – Sempre o anão! Não há mais hierarquia?
– O anão! – urrou Morell. – O anão, pronto!
– Viu? – disse Fritz, triunfante. – O doutor disse que sou eu. Obrigado, doutor. Mas então: entrei no apartamento, como tínhamos combinado. A velha ficou apavorada – tal como o senhor tinha previsto. Fizemos aquela encenação, acende a luz, apaga a luz, e tudo o mais. Aí procurei a relíquia, mas não a encontrei, doutor. Infelizmente. A verdade é que eu não podia ver direito, porque a bateria das lâmpadas dos olhos está fraca. É culpa do coronel, que...
– Maldito! – gritou o coronel, e tentou de novo agredi-lo. O doutor tornou a separá-los, desta vez a bofetadas.
– Basta! Agora o coronel.
– Entramos lá – começou o coronel.
– Já sei – disse o doutor, impaciente. – E daí?
– E daí?... – o coronel franziu a testa. – Ah, sim!
– Um sorriso alvar iluminou-lhe o rosto. – A velha confundiu o Fritz comigo! Veja só, doutor, que velha estúpida! Confundiu um anão, disfarçado de cão pastor, com um coronel da SS! Não é idiota, ela?
– Adiante! – grunhiu o médico.

— Bem... Fizemos toda a encenação, acende a luz, apaga a luz, eu ainda quebrei um espelho... Depois procurei a relíquia. Mas não a encontrei, doutor. Palavra.
— Por quê? – perguntou Morell, irônico. – Também estavas com a bateria fraca?
Fritz deu uma risadinha perversa, o coronel se encolheu desconcertado. Morell agora iluminava com a lanterna a velha.
— Não achaste o que queríamos e ainda trouxeste uma velha – resmungou, aborrecido.
— Pensei que ela podia ser útil – balbuciou o coronel.
— Útil? Útil para quê? Nosso serviço de informações tem a ficha desta velha: ela só causa desastres. Cada vez que ela abre alguma coisa, é uma tragédia. Sem a relíquia ela não nos serve de nada. E ainda trará problemas. Em todo o caso, guarda-a no porta-malas. Depois veremos.
O coronel desceu do carro, fez o que o doutor mandara. Voltou correndo:
— Daqui a pouco amanhece. O que é que vamos fazer? Invadimos o apartamento?
O doutor não respondeu. Lábios apertados, os olhos semicerrados, parecia adormecido.
— E então, doutor? – insistiu Fritz. – Quem sabe a gente...
— Silêncio! – vociferou o doutor. – Estou pensando!

Inclinou-se para o chofer:

— Avança até a esquina. Quero observar o edifício.

O Mercedes negro avançou, silencioso. Morell observou a rua deserta, a porta fechada do prédio.

— Acho que estamos perdendo tempo — disse o anão. — Eu por mim já teria invadido o apartamento...

Morell fê-lo calar-se com um gesto brusco: uma mulher estava saindo do edifício. E carregava um pacote.

— Chofer — ordenou Morell —, segue aquela mulher!

V

Clínico geral durante o dia, à noite o doutor Moysés se transfigurava: atirava o estetoscópio para um lado, fechava o consultório e corria para o casarão onde morava, sozinho. (*Coisa de solteirão esquisito* – comentava a vizinhança. Apesar disto, os clientes gostavam dele: era um bom médico; um pouco distraído, mas muito atencioso).

Fechado em seu laboratório – que ocupava a maior peça da casa –, o doutor Moysés esquecia a medicina tradicional e recorria às ciências ocultas, em busca de respostas para os problemas do corpo e da alma. Era um iniciado no ocultismo, na alquimia e na cabala.

Quando estava trabalhando, o doutor Moysés varava a noite, e não gostava de ser interrompido. Rebeca teve de tocar a campainha oito vezes até que ele viesse atender à porta.

– Seis e meia da manhã e já estás me incomodando? – perguntou, azedo.

– Desculpe, doutor, mas é que tenho uma encomenda para o senhor... Parece que é urgente...

Transmitiu o recado. O médico pegou o pacote, e no mesmo instante empalideceu.

– Que foi? – perguntou Rebeca. – Está se sentindo mal, doutor? Quem sabe é a pressão?

– Já passou – disse Moysés. – Obrigado, já passou.

Fechou a porta, depositou o pacote sobre a mesa e deixou-se cair numa poltrona, lívido, suando frio, enquanto Rebeca saía de mansinho.

O Mal. Sentia a presença do Mal!

O telefone tocou, insistente. O médico levantou-se, a custo, e foi atender.

– Alô – disse a voz débil.

– Doutor Moysés? Graças a Deus lhe encontrei. Aqui é o Teva.

– Quem?

– Teva. Teva! "Se vá"!

– "Se vá"? – O doutor Moysés passou a mão na testa, confuso. O que estava acontecendo?

– Teva, doutor! O filho da Dona Raquel! O senhor não se lembra? O senhor cuidou de mim quando eu era pequeno! E minha mãe é sua cliente!

– Ah, sim... – Moysés se reincorporava, transformava-se de novo no clínico. – E o que houve, "Se vá"?

— A minha mãe não está aí com o senhor? — Comigo? — perguntou o médico, ofendido. — Olha aqui, rapaz...
— Não é nada disso — a voz de Teva soava aflita.
— É que minha mãe desapareceu, doutor! Eu pensei que ela talvez tivesse se sentido mal, talvez tivesse lhe procurado... Não acho ela em parte alguma, doutor! E o cachorro também desapareceu...
— Cachorro? — O médico cada vez entendia menos; ao mesmo tempo, a inquietude ia tomando conta dele.
— Um cachorro que deixaram aqui para a gente cuidar... E eu sei que a minha mãe mandou uma coisa para o senhor levar a Santa Maria...
— Ela não está aqui — murmurou Moysés. — E eu não sei.

Pousou o telefone no gancho.

Como um autômato, dirigiu-se para a mesa onde estava o pacote.

O Mal.

Hesitou um instante, depois, com as mãos trêmulas, desfez o pacote.

Ali estava, o frasco com seu estranho conteúdo. O doutor logo identificou a peça anatômica — mas isto só lhe aumentou a inquietação. Seria de um homem? De um animal? E por que teria a velha Raquel conservado aquilo? Por que teria lhe enviado? E, afinal, onde estava a velha?

49

O médico teve vontade de abrir o frasco, de cortar a peça, de examiná-lo ao microscópio. Mas – sabia – aquilo não era tarefa para ele.

– Há alguém que saberá o que fazer com isto – pensou.

O doutor Hans, de Santa Maria, com quem Moisés compartilhava suas experiências secretas.

Hans Mayer fora um clínico famoso na Alemanha, antes de fugir dos nazistas. Dizia-se que ele tratara o jovem Hitler e que sabia do Fuehrer coisas importantes demais, daí a sua fuga. Fosse como fosse, destas coisas o Dr. Mayer não falava a ninguém. Nem mesmo a seu amigo Moysés.

O doutor Moysés não foi ao consultório. Ficou todo o dia e toda a noite sentado, olhando o frasco e o seu conteúdo. Houve um momento em que tentou se distrair. Ligou a televisão. Apareceu um rosto terrível, um homem com uma cicatriz, falando alemão. Era uma propaganda qualquer, mas ele, assustado, desligou o aparelho.

Quando o sol nascente iluminou o vidro, o médico levantou-se. Maquinalmente, refez o embrulho. Barbeou-se, mudou de roupa, preparou a maleta. Anunciou à empregada que ia viajar e que não sabia quando voltava.

Tirou o carro da garagem e dirigiu-se para a saída da cidade. Ia no rumo de Santa Maria.

O mercedes preto seguia-o de longe.

VI

– O Mal. Definitivamente, o Mal, meu caro Jacó.
– Moysés.
– Como?
– Moysés. O meu nome é Moysés.
O Mercedes preto seguia-o de longe.
– Ach, sim. Moysés.
Hans Mayer era mais distraído do que Moysés. Em Santa Maria ninguém mais estranhava quando via o bom doutor na rua de chapéu, camisa de gola alta, gravata, colete, casaco e sem calças. O doutor esquecia as calças. Hans Mayer fugira da Alemanha quando começara a perseguição aos judeus e já estava desembarcando em Buenos Aires quando se dera conta:
– O que é que eu estou fazendo aqui? Eu não sou judeu!
Mas diziam que ele sabia demais sobre o Fuehrer. Por isto, seria caçado em toda a Alemanha

como um judeu. Ficara na Argentina. Depois emigrara para Santa Maria.
– De onde veio isto? – perguntou Hans Mayer, segurando o vidro mais uma vez diante dos olhos.
Moysés contou como o vidro chegara às suas mãos. Rebeca, a visita às seis e meia da manhã, o pedido de Raquel... E a sensação que tivera quando pegara o pacote pela primeira vez. O Mal. Sentira o Mal.
– Sim, sim. É ele – concordou Hans Mayer.
– O quê?
– Sei lá. O nome não importa. Por que saber o nome? Você, por exemplo. Se se chamasse Moysés, seria o mesmo homem que está aí.
– Mas eu me chamo Moysés.
– Não importa!
– O Mal. O Mistério. A Coisa. O que está fechado em tudo até que alguém o descubra e liberte. Todos os males do mundo que saíram de dentro da caixa de Isadora.
– De Pandora.
– Pandora. O conhecimento encerrado na maçã até que Eva a mordeu e a humanidade perdeu sua inocência. O gênio que fugiu de dentro da lâmpada que Aladim encontrou na praia...
– Curioso... – disse Moysés. – Você falou em praia...
– Curioso o que, Moacir?
– Moysés. Me lembrei que há muitos anos as

pessoas contavam uma estranha história, no Bom Fim, sobre Raquel. Ela era a mulher do falecido Davi Caiman. Contavam que ela tinha encontrado um vidro na praia, em Capão da Canoa. Abriu o vidro e, de repente, o céu escureceu, começou a ventar e muita gente jura que até as ondas andaram ao contrário. Desde então, sempre que Raquel abria alguma coisa acontecia algo estranho.

Hans Mayer agora olhava com interesse para Moysés.

– E que fim levou a tal Raquel?

– A Raquelita? Está bem. Agora é viúva. O falecido Davi morreu e ela... Espere!

– O quê?

– Ontem mesmo, depois de receber o vidro, recebi um telefonema do filho dela. Do Teva. Ele me disse que Raquel tinha desaparecido!

Os olhos dos dois médicos voltaram a fixar-se no vidro. Já sabiam o que ele continha, e por que estava com Raquel Caiman. E não sabiam absolutamente nada.

Dentro do Mercedes preto, parado a poucos metros da porta da casa do Dr. Hans Mayer, Morell impacientava-se mais uma vez com o coronel Bollmann e o anão Fritz. O coronel queria degolar

Raquel Caiman enquanto Fritz queria o contrário. Queria torturá-la para descobrir o que ela sabia, antes de matá-la lentamente.

– O que ela sabe nós já sabemos, imbecil – disse o coronel. – O vidro está ali, dentro daquela casa.

– Não sabemos com certeza que ele está ali – vociferou o anão. – E precisamos descobrir mais algumas coisinhas. Por exemplo: de onde é que a velha conhecia você, coronel? Hein? Hein?

– Calem-se! – interrompeu Morell. – A velha fica dentro do porta-malas até descobrirmos se o vidro está aqui ou não.

– A velha não me conhecia – disse o coronel. – Pelo que ela falou, conhecia o meu pai, Rudolph Bollmann, de quem eu herdei a cicatriz. Rudolph Bollmann vocês sabem quem é.

– Sabemos, sabemos...

O anão ficava horrível quando tentava fazer cara de desdém. Os cantos de sua boca desciam grotescamente, como na máscara da Tragédia. O próprio Morell, que admirava o talento de Fritz como torturador ("com um alicate, é inigualável", costumava dizer), tinha vontade de esbofetear o anão sempre que o via fazer aquela cara.

– Sabemos quem foi o seu pai, sim, *mein coronel* – continuou o anão, ainda por cima fazendo uma voz melosa para combinar com a boca repulsiva. – Foi o incompetente encarregado de trazer a raiz do

nosso povo, o próprio germe do Fuehrer, para a Argentina... e errou de país. E ainda deixou cair o vidrinho na praia!
 O coronel saltou por cima de Morell e agarrou com as duas mãos o pescoço do anão. Morell gritou para o chofer:
 – Dieter! Ajuda!
 O chofer golpeou a cabeça do coronel, que desfaleceu sobre o colo de Morell. Para não perder a oportunidade, Morell deu um cotovelaço na cara do anão. Do porta-malas ouviam-se batidas e uma voz abafada. Raquel Caiman gritava por socorro.

 Há anos Teva Caiman experimentava com o mesmo truque. Na frente do espelho, virava rapidamente o rosto para o lado e em seguida voltava, com a mesma rapidez, a encarar o espelho. Tentava surpreender o próprio perfil. Era difícil ver-se de perfil. Conseguiria com a ajuda de um segundo espelho, mas achava isto pouco prático. Um dia ainda viraria o rosto tão ligeiro que se veria de perfil, num relance.
 Teva já fizera todos os seus exercícios matinais. Orgulhava-se do próprio físico e cuidava bem dele. Tinha noções de boxe e de judô. Quando aparecera o karatê em Porto Alegre, informara-se a respeito e depois desenvolvera o seu próprio estilo. Dizia para todos que tinha inventado uma arte marcial mais milenar do que o karatê. Nunca brigara com ninguém em sua

vida – era um homem sensível, um apreciador de Perez Prado, e lera *A Carne* de Júlio Ribeiro cinco vezes, mas sabia exatamente o que fazer no dia em que o atacassem por trás. Não tentassem. Descobririam que "Se vá" Caiman era um samurai em pele de dentista.

Naquela manhã, Teva não conseguira se concentrar no treinamento de luta oriental – a qual ele incorporara vários movimentos do mambo – que fazia na frente do espelho, de cuecas, todos os dias. O desaparecimento misterioso de Dona Raquel durante a noite o deixara desconcertado. A mãe provavelmente tivera uma recaída e abrira alguma coisa. Mas o quê? E onde poderia estar? Resolveu ir falar com a vizinha, Dona Rebeca. Era a melhor amiga de sua mãe. A vizinha que vinha abrir as latas, quando Dona Raquel estava sozinha em casa.

E depois de falar com Dona Rebeca e ficar sabendo de tudo – do pacote, da recomendação ao Dr. Moysés que ia para Santa Maria, do medo estampado no rosto de Dona Raquel, dos estranhos acontecimentos daquela noite –, Teva sentiu um calor na barriga. De preocupação pelo destino da mãe, sim. Por outra razão, também. Sentiu nisso um chamamento. «Se vá» e a aventura finalmente se encontravam.

De volta ao seu quarto, na frente do espelho que ocupava quase uma parede inteira, Teva desfez-se de sua sóbria gravata escura de ir ao consultório. Quase que como num ritual, substituiu-a por uma echarpe vermelha, tendo o cuidado de antes desabotoar os dois botões superiores da camisa branca. Os bandidos (mas quem eram os bandidos?) não sabiam com quem tinham se metido. "Ninguém rouba a mãe de 'Se vá, Caiman' e vive para contar a história", pensou Teva, sombriamente. Começaria telefonando para o Dr. Moysés.

Antes de sair do quarto, tentou pela última vez ver o próprio perfil no espelho. Se conseguisse, veria o perfil de um samurai. Ou do jovem Rubinstein.

Em Santa Maria, Moysés e Hans Mayer tomavam café com leite, com cuca e vários tipos de geléia. A mesa tinha sido posta por Grundel, a velha governanta de Hans. Era uma mulher enorme que Hans chamava, carinhosamente, de Bismark. Em honra não ao chanceler, mas ao cruzador.

– Sabe das últimas? – perguntou Moysés a Hans, certo de que o distraído Hans não sabia de nada.

– Que últimas, Malaquias?

– Moysés. De Minas. Parece que está havendo uma revolução contra o governo.

– Eu sei, eu sei. Ouvi no rádio. O Jango está "hodido".

Hans Mayer aprendera a palavra "hodido" na Argentina, mas nunca se dera conta do seu significa-

do. A usava sempre, em todas as circunstâncias. Certa vez a usara numa conferência, na Universidade, e não entendera o mal-estar da platéia. Até repetira a frase:
— "Hodido", sim, meus senhores. O velho conceito de categorias estanques da medicina está "hodido". Eu disse alguma heresia?

Mas Hans Mayer não queria falar sobre política. Apontou para o vidro que Moysés lhe trouxera, e que estava sobre a mesa, entre os potes de geléia. Ainda fechado.

— Eu já lhe contei algum vez sobre uma certa peculiaridade anatômica de Adolf Hitler?

— Não, Hans. Qual?

— Os seus testículos. Ele...

Mas Hans Mayer não pôde completar a frase. Grundel entrara na sala:

— Olhe o que eu descobri herr doktor! Este anão sem-vergonha! Peguei ele entrando pela janela do cozinha.

E pelos ferozes palavrões que dizia, era um anão alemão.

Antes que Hans ou Moysés pudessem fazer qualquer coisa o anão pegou o frasco, saltou pela janela e desapareceu.

— HÃ?!

VII

Enquanto isto, numa rua deserta...
Morell decidiu: ordenou ao coronel Bollmann que executasse a sentença de morte contra Dona Raquel.
– Manobra Judas?
– Não, seu imbecil, como pode querer executar a Manobra Judas aqui em plena rua, com gente passando por todos os lados? E depois onde dependuraria a velha? Num poste de luz? Execute a Manobra Astronauta.
O coronel foi examinar a traseira do carro, viu que a mala estava bem fechada, verificou a posição do cano de descarga, retornou ao Dr. Morell:
– Tudo em ordem, doutor. O diabo é que o pedaço de mangueira para ligar no escape está fechado no porta-malas.
– Pois abra-o e tire-o de lá.
– Mas a velha está lá dentro e já acordada, escute como a velha bate na lataria.

— Raios de imprevidentes. Entre aí atrás, afaste o encosto do banco e tire por ali o pedaço de mangueira.

— Então, por favor, professor, me dê a chave do carro, ele está fechado. E veja, doutor, a chave ficou lá no painel!

— Diabos! Use então a duplicata.

— E onde está a duplicata, Doutor?

— Seu imbecil, onde ela sempre esteve guardada: no porta-luvas!

Então o coronel fez uma cara desconsolada, o Dr. Morell passou a mão na testa que começava a porejar suor frio, ficaram os dois assim e nesse momento viram que o anão retornava em desabalada carreira e foi preciso que ambos segurassem o homenzinho para que ele não se esborrachasse de encontro ao Mercedes. E foi quando o frasco saltou das suas mãozinhas, rodopiou no ar, subiu e no exato momento em que se espatifaria nas pedras da calçada foi seguro pelo atento doutor Theodor Morell. O coronel soltou o anão que terminou caindo ao comprido, sem fôlego, língua de fora, passou por cima dele, acercou-se do doutor:

— Enfim, o frasco, professor, o frasco, a Alemanha eterna está salvo, o arianismo redivivo, o Quarto Reich que se anuncia, o grande espírito...

— Cale a boca, seu debilóide! Quer chamar a atenção da própria CIA, da KGB, da Scotland Yard? Veja lá aqueles dois policiais que vêm para cá.

O doutor Morell fingiu que examinava o pneu dianteiro do Mercedes, aproveitou para esconder atrás dele o vidro, assobiava timidamente uma velha canção do Tirol. O coronel empurrou o anão para debaixo do carro e começou a preparar o seu cachimbo.

– O que está acontecendo? – perguntou um dos policiais.

– Acontecendo? – repetiu o coronel. – Nada. O pneu aí parece não estar muito bom.

– Tratem de sair daqui, está proibida reunião de mais de duas pessoas.

– Mas nós somos apenas dois.

– Com o carro, três – gritou o policial irritado. – Vão andando.

– O melhor que temos a fazer é dar o fora. Onde está o frasco, doutor?

– Dar o fora como, seu imbecil? Estamos sem carro, a velha está aí dentro da mala e o anão aí embaixo.

O coronel agachou-se, espiou para baixo do carro e chamou o anão.

Os seus olhinhos abriram ofuscados pela luz do dia, foi agarrado pelos pés e puxado para fora. Depois foi erguido, o doutor aplicou um par de bofetadas na sua pequena cara de cera e o homenzinho finalmente veio a si e perguntou como um sonâmbulo:

– Onde está o frasco, onde está o frasco?...

– Está bem guardado – disse Morell –, e agora

vamos pegar o noturno para Porto Alegre e sair daqui o quanto antes.

— E por que não voltar de carro? — perguntou o anão.

— Porque está fechado a chave e a duplicata está no porta-luvas. Não sabemos quem foi o culpado ou o débil mental que fez isso.

— O Dieter, o Dieter — gritou o anão —, eu bem que desconfiava da cara dele, eu sabia, agora ligo as coisas, ele era agente secreto da PIDE.

— E mais esta — exclamou desconsolado Morell.

Bollmann pediu que o anão tirasse o casaco, deu-o a Morell, seria aconselhável que enrolasse o frasco, protegendo-o; ele já ouvira falar dos solavancos do noturno. Morell fez o primeiro elogio ao coronel; por fim ele estava ficando razoavelmente esperto e inteligente. Dava a sua primeira demonstração de súdito autêntico do Terceiro Reich. E futuro construtor do Quarto Reich.

Foi neste preciso momento que eles viram surgir na esquina da Dr. Bozano um táxi cor-de-laranja. O carro aproximou-se lentamente, o passageiro que vinha no banco de trás esticou a mão com uma nota para o chofer, abriu a porta e desceu. Era Teva Caiman. Era o próprio "Se vá" em pessoa. Estava elegante em sua camisa branca, o pescoço envolto numa echarpe vermelha, demonstrava uma superioridade e uma calma que provocou calafrios no anão, no doutor Morell e no coronel Bollmann.

"Sim, sou Teva Caiman, filho de Davi Caiman e de Dona Raquel Caiman, carteira de identidade nº 76.428, - cirurgião-dentista diplomado, praticante de artes marciais e tão rápido que consigo ver no espelho meu próprio perfil."

virou a cabeça de lado e, numa ágil torção de pescoço, encarou mais uma vez a sua própria imagem refletida. Havia finalmente conseguido atingir a agilidade do raio, vira o seu próprio perfil.

RA'!

OLÉ!

OP!

AHHH!
CRINC

OLÉ!

...levantou o punho cerrado e baixou-o fulminante sobre a cabeça do professor que desmoronou como um saco de farinha sobre as pedras do calçamento.

O anão apanhara rápido o frasco depositado sobre o capô do carro e tentou partir em desabalada carreira. Mas...
OLÉ!
MMMM
!
CRAC
HA! NÃO PODIA FALTAR! O CRIME DA MALA!
Mamãe!

VIII

Voltaram de carro a Porto Alegre, Dona Raquel, Teva e o doutor Moysés. A velha, muito orgulhosa do filho *(quem diria, aquele gurizinho magro que não queria tomar a sopa);* Teva, cheio de confiança em si, a toda a hora virava rapidamente a cabeça para ver o perfil no espelho retrovisor, apesar dos gritos de susto da mãe: a cada tentativa, quase capotavam.

Quanto a Moysés, ia encolhido no banco de trás, estranhamente quieto. De vez em quando apalpava-se disfarçadamente entre as pernas – não tão disfarçadamente que Dona Raquel não notasse *(pouca vergonha, um homem desta idade se coçando na frente de uma senhora).* Ondas de calor abrasavam-lhe o rosto; acordes estranhos ressoavam-lhe aos ouvidos; entre estes, os compassos iniciais de *Os Mestres Cantores,* de *O Anel dos Nibelungos...* O doutor Moysés estremecia: era Wagner que voltava! Fechava os olhos, amedrontado, via clarões de holofotes e de incêndios, cogumelos atômicos...

Dona Raquel falava sem cessar. Queria convencer o filho a casar, parece. Moysés mirava-lhe a nuca com olhar torvo: *uma boa Mauser aqui...* Sobressaltou-se: *mas em que penso, meu Deus? Sou médico! Fiz o juramento de Hipócrates! Preciso me acalmar!* Tirou do bolso dois comprimidos de Gardenal, engoliu-os. Pouco depois, dormia. Seu sono, contudo, foi uma sucessão de batalhas: primeiro, conduzia as vitoriosas legiões romanas; depois, chefiava uma Cruzada; e já estava no comando de tropas prussianas, quando acordou, o fragor das batalhas ainda em seus ouvidos. Encolhido no banco traseiro, espiou para fora. Chegavam a Porto Alegre, passavam por uma vila popular. A visão das malocas, de crianças sujas correndo nuas encheu-o de desgosto, de nojo, mais: de sagrada ira. Só matando, pensou. Só arrasando tudo. Fechou os olhos, imaginou aviões despejando bombas incendiárias. Suas narinas se dilataram de prazer.

Sentou-se no banco. *Que é isto?* – gritou. Dona Raquel e Teva voltaram-se, espantados, Dona Raquel com alguma dificuldade por causa da coluna, Teva com a nova agilidade que recém tinha adquirido:

– Que foi, doutor?

– Nada – murmurou. – Parece que estamos chegando, não é?

– Deixaram-no em casa. O doutor Moysés abriu

a porta, entrou, trôpego, vestiu o pijama, e correu a jogar-se na cama.

Não conseguia dormir, porém. Wagner martelava-lhe a cabeça; valquírias nuas cavalgavam diante de seus olhos arregalados... Levantou-se, vagueou pelo quarto estonteado, sem saber o que fazer, o corpo incendiado de calor. Na semi-obscuridade, mirou-se no espelho. O que viu, deixou-o fascinado – e horrorizado.

Já não usava o pijama de flanela cor-de-rosa. Em vez disto, envergava um garboso uniforme. Mais de duzentas condecorações (calculando por alto) estavam presas a seu peito estufado. Reconheceu ali a Grande Cruz dos Cavaleiros Teutônicos; a Ordem do Galo Viril; a Comenda do Carneiro Invencível; e muitas outras, sendo três ou quatro em duplicata. Usava quépi, botas reluzentes, e no cinto, a tão sonhada Mauser.

Recuou.

– Meu Deus! Sou um nazista!

Tornou a aproximar-se do espelho.

– Um nazi legítimo! Como aqueles do Gibi Mensal!

Apesar do horror, examinava-se agora com interesse.

– Até que o uniforme não me fica mal...

Sorriu-se:

– Era uma vocação secreta, eu diria. Pareço o Göering... Ou o Himmler... Mas o olhar... O olhar...

Uma explosão de júbilo:

– O olhar é o de Hitler! O olhar fulminador!

As lágrimas correm-lhe pelo rosto:
— Sou um nazista! Enfim! Não preciso mais ter pena dos pobres! Não preciso mais atender indigentes! Não preciso estar solidário com os negros! E muito menos *(risinho perverso)* com os judeus! Estava na hora de limpar a terra desta corja! Estava na hora de devolver o mundo ao império da lei e da ordem!
Cai em si:
— A verdade é que estou aqui sozinho... E há muito o que fazer. Tenho de me organizar. Preciso reforçar o Partido. Preciso reaparelhar o exército. Terei de adotar uma economia de guerra.
Caminha de um lado para outro, agitado.
— É importante a conquista de novos territórios... A estratégia para isto terá de ser cuidadosamente estudada...
Corre ao armário, tira de lá um mapa-múndi, desdobra-o sobre a mesa.
— Vejamos... Estou aqui, em Porto Alegre. Em primeiro lugar, o Rio Grande do Sul. Depois o Brasil... O Nordeste não é tão importante, mas enfim, sempre dá mão-de-obra não especializada... Depois os outros países da América Latina. O Cone Sul.
Caminhando de um lado para outro:
— O cone é o tipo da figura geométrica que me agrada: base ampla, ápice pontiagudo... Não se pode *(sorriso)* sentar num cone. Não é à toa *(ameaçador)* que os projéteis têm forma cônica!

Brado:
— Cone! Sul! Cone Sul, Cone Sul, Cone Sul! Rá! Rá! Rá!
Caindo em si:
— Foi o entusiasmo do momento.
Volta ao mapa:
— Contudo, é um empreendimento gigantesco. Posso contar com meus amigos nesses países, claro, mas certamente encontrarei resistências. Estarei à altura desta missão?
Fraqueja, cai de joelhos:
— Valei-me, nibelungos! Vinde a mim, valquírias!
A palavra *valquíria* trouxe-lhe à lembrança a velha Grundel entrando com o anão na sala de Hans Mayer. Sorriu: como *pude me atirar àquela velha? Já o anão...*
Sentou-se, o olhar cheio de nostalgia e ternura. Tão gracioso, o anão, com sua vozinha fina e seu riso debochado. Mal o tinha visto, e no entanto...
Levantou-se:
— Meu Deus! Estou apaixonado por um anão! E nem sequer sei o nome dele! A verdade é que ele não é feio. Tem uns olhos...
Pondo a mão na testa:
— Mas... Sou homossexual! Nazista e homossexual!
Encolhendo os ombros:
— Não resta dúvida, hoje é o dia das grandes revelações.

Torna a sentar-se, pensativo.
— Foi por isso que vivi sozinho tantos anos. Foi por isso que pesquisei a cabala, as ciências ocultas. Eu estava em busca de meu destino e não sabia! Mas agora sei: tenho um encontro marcado com a História!
Levanta-se:
— E estou cansado de sentar e levantar! Preciso agir.
Bateram à porta. O doutor Moysés mergulhou na cama, cobriu-se até o queixo.
— Entre.
Era a faxineira, muito excitada:
— Já sabe da novidade, doutor? O Jango está fu... Quer dizer, parece que derrubaram ele, sabia? Está a maior confusão aí fora!
Começou a varrer, assobiando baixinho. Na cabeça do doutor, voltaram a ressoar os acordes de Wagner, mais vibrantes que nunca. Apanhou o receituário, um pedaço de papel e rabiscou: *Alô, ano simpático de Santa Maria! Não posso te esquecer. Entra em contato comigo. Fone: 2-1398. Urgente.* Chamou a faxineira:
— Dona Valquíria.
— Meu nome é Inácia, Doutor.
— Perdão. Dona Inácia, vá urgente ao centro e ponha este anúncio no jornal para mim. Na secção dos econômicos, ouviu?

Tão logo a mulher saiu, ele saltou da cama, vestiu-se – terno cinzento, gravata preta –, pôs os óculos escuros.
Estava pronto para agir. Discretamente.

Teva e Dona Raquel tinham acabado de jantar. Um lauto banquete, a velha preparara em homenagem a seu heróico filho. Agora ouviam as notícias da noite, numa rádio argentina. *Jango está hodido, señores!* – gritava o histérico locutor. Falava de movimentos de tropas, de lutas nas ruas.

– Acho que vou dar uma volta por aí – disse Teva, levantando-se. – Quero ver como estão as coisas lá fora.

– Não vai, meu filho! – gritou Dona Raquel, alarmada. – Estas coisas não são para ti. Fica em casa com tua mãe. É mais seguro.

Teva sorriu, virou rapidamente o rosto, conseguiu mais uma vez ver seu perfil enérgico no espelho da sala. Aquilo era uma garantia:

– Não se assuste, mãe. Sei me defender.

Colocou a echarpe vermelha e saiu. Ia para o centro da cidade.

Naquela manhã, três fatigados passageiros tinham desembarcado do noturno procedente de Santa

Maria. Haviam alugado um quarto no hotel e agora estavam sentados, na Praça da Alfândega, olhando o movimento.

– Os nativos estão inquietos esta noite – disse o coronel Bollmann.

– É verdade – concordou o anão – O que será?

– Deve ser uma festa deles – lembrou o coronel. – O Carnaval, talvez.

– Silêncio! – disse o doutor Morell. – Estou pensando.

Calaram-se os outros dois. O doutor Morell suspirou.

– Não resta dúvida. Temos de começar tudo do início. Precisamos achar aquele vidro.

– Mas como? – perguntou o coronel. – É como procurar uma agulha num palheiro.

– Pois aí está o problema – resmungou o doutor.

– E se a gente levasse outro vidro? – lembrou o anão.

– Será que eles desconfiariam?

– Idiota! – rugiu o doutor. – Aquele vidro contém a relíquia! A única e verdadeira! Temos de encontrá-la!

Ficaram em silêncio algum tempo. De repente, o anão cutucou o médico.

– Doutor! Olha aquele rapaz!

– Que rapaz? – disse Morell, aborrecido.

— Aquele, de echarpe vermelha. Não foi ele quem nos atacou em Santa Maria?
— Atrás dele! – disse Morell.

IX

Em casa, Dona Raquel bateu três vezes na parede do fundo do corredor. Era o sinal combinado para chamar a vizinha, Rebeca, sempre que precisasse abrir alguma coisa. Rebeca tinha a chave da porta do apartamento dos Caiman. Naquela noite, veio correndo. Estava louca para saber as novidades. O que estava acontecendo? Onde Raquel passara todo o dia? E o pacote que Raquel mandara para o doutor Moysés? Rebeca não se continha de tanta curiosidade. Mas tentou disfarçar ao entrar no apartamento de Raquel. Encontrou a amiga preocupada, com um ar distante.

– Chamou, Dona Raquel?
– Hein? Ah. Chamei, sim.
– Para quê?
– Para você abrir a porta.
– Abrir a porta para quê?
– Para você poder entrar, ora. Agora senta aí.

— Algum problema, Dona Raquel?
— Nem lhe conto.
Mas contou tudo para a boquiaberta vizinha. Sobre o seu rapto, sobre o frasco, tudo. E depois de contar tudo, contou mais.
— Tem uma coisa que eu não contei para o Teva. Uma coisa que nem o meu Davi sabia. Que ninguém sabia.
— O que, Dona Raquel?
— Nem lhe conto.
Contou que naquele dia, na praia, quando abrira o frasco encontrado na areia, e os guarda-sóis tinham voado e as nuvens formado cenas obscenas no céu, ela, a Raquelita das coxas roliças, tinha conhecido um homem.
— Que homem, Dona Raquel?
— Um homem molhado. Todo molhado.
— Bom. Na praia, na temporada, não é estranho ver um...
— Mas foi de noite. Eu voltei para a praia aquela noite. Tinha um baile dos casados no hotel. Todo mundo comentava o que tinha acontecido de manhã quando eu abri o vidrinho. Não me deixavam em paz. Eu já estava meio tonta. Aí saí e caminhei sozinha até a praia. E encontrei um homem...
— Molhado...
— Molhado. Vestido, de roupa, mas todo molhado. Ele parecia que procurava alguma coisa na

areia. E resmungava. Pensei que estivesse falando iídiche. Disse alguma coisa em iídiche para ele e ele se virou, assustado. Tinha uma cicatriz no rosto e tiritava de frio, o coitado.

— E quem era ele?

— Depois, no quarto, fiquei sabendo. Era um alemão. Rudolph Bollmann, oficial da SS. O vidrinho era dele.

— O quê?

— Sim. Ele tinha trazido o vidrinho da Alemanha. Em missão especial. O vidrinho continha uma coisa importantíssima. Uma espécie de, sei lá. Como é que se diz? De Talismã. Relíquia.

— Em que língua vocês conversavam?

— Numa misturada. No começo ele só me perguntava "Argentina? Argentina, ya? ya? Argentina?" Isso eu nunca entendi. Depois falou no vidro, na missão dele...

— A senhora falou em quarto. Que quarto?

— O nosso quarto, no hotel. O Davi estava no baile dos casados, o Tevinha estava dormindo no quarto ao lado... E eu levei o pobre homem para o nosso quarto. Só queria que ele se enxugasse. Eu nunca nego uma toalha a ninguém.

— E o que aconteceu?

— Eu enxuguei ele.

— A senhora?

— Foi aquela cicatriz. Fiquei fascinada com a

cicatriz. A cicatriz descia pelo pescoço. Eu precisava descobrir onde aquela cicatriz terminava, você compreende? Eu era muito moça. Tinha as coxas roliças. Fui tirando a roupa molhada dele. Ele estava salgado. A cicatriz desaparecia no colarinho. Eu precisava ver onde terminava aquela cicatriz. Você compreende?
– Compreendo, Dona Raquel. Eu sou igualzinha. Quando vejo uma fila de formigas, tenho que descobrir o formigueiro.
– Não é a mesma coisa. Eu estava meio tonta. Toda a emoção daquele dia. E aquele alemão salgado no meu quarto. Fui seguindo a cicatriz.
– Sim?
– Ela descia pelo peito.
– Sim?
– Pela barriga.
– Meu Deus!
– Passava por entre as pernas dele.
– E subia pelas costas?
– Isso eu nunca descobri...
– Dona Raquel!
– Seu sei, minha filha. E a guerra recém tinha terminado. O Davi perdeu muitos parentes na Europa. E eu traí o Davi e os parentes com um oficial da SS.
– E depois?
– Depois eu contei para ele que o vidro estava comigo. Ia dar o vidro para ele. E então o Tevinha acordou e bateu na porta do nosso quarto. O nazista

só teve tempo de vestir umas calças do Davi e pular pela janela.
— E então, Dona Raquel?
— Nem lhe conto. No dia seguinte, quando fomos para a praia, o Davi, o Teva e eu, o homem nos seguiu. Estava só com as calças do Davi, sem camisa, sem sapatos. O Davi até comentou: "As calças daquele homem se parecem com as minhas..." E eu respondi, "Que calças? Que homem?"
— E depois?
— Ele nos seguiu até a praia, sentou na areia perto de nós, tentou puxar conversa. Eu fiz que não ouvi, mas o Davi deu conversa para ele. Queria saber onde ele tinha comprado as suas calças. E ele perguntava pelo vidrinho. O Davi falava em português e ele falava em alemão. É claro que não se entenderam. Mas ele entendeu quando, não me lembro mais a respeito de que, o Davi disse que era judeu. De repente ele arregalou os olhos e começou a olhar em volta. Foi se levantando, devagarinho, como quem está com medo de chamar a atenção, e depois se afastou, pisando com a ponta dos pés na areia, e olhando horrorizado para todos os lados.
— E aí?
— Aí, nada. Nunca mais o vi. Até a outra noite, quando bateram na porta, eu fui abrir, e ali estava a mesma cara, com a mesma cicatriz. Mas não podia ser o mesmo alemão salgado. Era o filho dele, certamente. O filho herdou a cicatriz do pai. Só podia ser

o filho de Rudolph Bollmann. Me lembro de ter visto o nome Martim Bollmann nos jornais. Ele chegou a Porto Alegre para trabalhar numa siderúrgica. Só podia ser ele. Reconheci a cicatriz de família.

— Será que a cicatriz do filho também desce pelo peito, pela barriga...

— Estou muito velha para pensar nessas coisas.

— E o vidrinho?

— Que vidrinho?

— O vidrinho que os alemães queriam? Que a senhora mandou para o Dr. Moysés?

— Está comigo outra vez.

— E não é perigoso?

— Perigoso, por quê?

— Ora, Dona Raquel. Se os alemães se deram tanto trabalho para conseguir o tal vidro, chegando a raptar a senhora por causa dele, é claro que tentarão outra vez.

— Mas o meu Teva me protegerá.

— E onde está o Teva?

Dona Raquel olhou para a vizinha como se a visse pela primeira vez. Como se estivesse acordando de repente. Era verdade. Onde andaria o Teva? E se o homem com a cicatriz invadisse outra vez o seu apartamento e a sua vida?

O doutor Morell, o coronel Bollman e o anão seguiram Teva Caimann por alguns passos na Praça da Alfândega. Logo Teva encontrou um grupo de amigos e parou para conversar. Os três alemães fingiram que formavam um grupo para conversar e também pararam, lançando olhares furtivos para Teva, a intervalos. Havia muitos grupinhos na Praça da Alfândega àquela noite. Jango estava fu... A revolução estava nas ruas.

Terno cinzento, gravata preta, óculos escuros, o Dr. Moysés chegou à Praça da Alfândega para o seu encontro com a História. Aproximou-se de um dos grupos que tinham se formado para conversar. Não conseguia ouvir direito o que as pessoas estavam dizendo. Só pegava pedaços de frases.

– ... fugir para o Uruguai...
– ... podíamos resistir...
– ... Brizola...
– ... dez mil homens armados na serra...
– ... gostaria, mas tenho que terminar o meu curso...

Não, decidiu o Dr. Moysés. Não são estes quem eu procuro.

Tentou outro grupo. O que estavam dizendo?

– Não, não. Era, "tarara, tarara, tá – Ugh!" – e depois a voltinha. Você está pensando no cha-cha-chá, que é completamente diferente.

O Dr. Moysés reconheceu o dono da voz. Era Teva Caiman, o filho de Raquel. Definitivamente, um bom lutador e um belo perfil. Fora heróico, salvando a sua mãe e recuperando o vidrinho, em Santa Maria (Ah, o vidrinho. Eu quero o vidrinho!). Mas não se podia contar com Teva Caiman para conquistar o Cone Sul.

Caminhou para outro grupo. Estavam falando... Sim, alemão! E aos cochichos, o que aumentou o interesse da conversa para o Dr. Moysés. Uma conspiração alemã! O que estavam dizendo? Os dois homens olhavam para o grupo de Teva Caiman e cochichavam animadamente. Não tinham percebido a chegada do Dr. Moysés, que aproximou-se ainda mais para não perder nada. Entendia alemão. A língua de Wagner. De Goethe. De Himmler. De Sissi, a Imperatriz. A língua da História. Pegou algumas frases.

– ... o filho de Raquel...
– ... pode nos levar a ela...
– ... recuperaremos o vidrinho...

O vidrinho! Ao ouvir aquela palavra, o Dr. Moysés avançou ainda mais. E sentiu que sua perna esbarrava em algo quente e vivo. Olhou para baixo. Mein Gott! Era o anão! Sua paixão! Visto assim, de cima, o anão era ainda mais atraente. O Dr. Moysés teve que se controlar para não erguer o anão nos braços e beijá-lo na nuca.

Teva despediu-se dos amigos e recomeçou a andar pela Praça da Alfândega. Os três alemães o seguiram. O Dr. Moysés seguiu os três alemães.

X

Teva havia dobrado à esquerda, desaparecendo na Galeria Chaves. Atrás dele, os três alemães, o anãozinho distanciado por causa das suas pernas curtas, e atrás dos três alemães, o Dr. Moysés.

Teva entrou no Chalé da Praça Quinze, procurou uma mesa discreta, aos fundos. Morell, Bollmann e o anão sentaram-se perto dele. Moysés preferiu uma outra, protegido por uma fina coluna de ferro. Teva pediu uma água mineral, os alemães quiseram cerveja e Moysés preferiu uma dose de conhaque.

Neste preciso momento entram cinco homens envergando garbardinas claras, chapéus enterrados até as orelhas, grandes sapatões de bico chato, mãos nos bolsos. Espalharam-se discretamente, postando-se exatamente ao lado de cada um dos que acabavam de entrar. O que parecia ser o chefe do grupo sentara-se ao lado do Dr. Moysés:

— Mantenha-se como está, o senhor está preso, somos da Delegacia de Ordem Política e Social. Já ouviu falar na DOPS?
Moysés gaguejou, surpreso:
— O senhor... o senhor é da polícia?
— Tem dúvidas ou quer uma prova?
Dizendo isso aplicou-lhe violenta canelada por debaixo da mesa. Moysés gemeu de dor e de medo. O policial sorriu vago para as outras mesas. Queria ver se ninguém havia visto nada. Notou que seus companheiros tratavam de falar com cada um dos visados.
— Mas eu não sei... não sei do que se trata – disse Moysés.
— O preso pode não saber por que está sendo preso, mas nós sempre sabemos – disse o homem com profunda filosofia.
O policial começou a falar entre dentes, baixinho:
— Agora nós vamos sair como dois amigos, você caminha sempre um passo à frente, vamos direto ao abrigo e entre no camburão que estará lá nos esperando numa especial gentileza dos serviços de segurança.
— Mas segurança, eu?
— Claro, não se faça de ingênuo, nós sabemos que vocês estão preparando uma fuga através da fronteira do Uruguai, estão dando cobertura ao Brizola, vocês são subversivos.

— Mas eu nem conheço o Dr. Jango.
— Viu, traiu-se, miserável! Quem falou aqui no Dr. Jango?
— Mas ele não foi deposto?
— Viu? Quem falou que ele foi deposto?
— Ora, os jornais...
— Jornais coisa nenhuma, isso tudo você vai explicar lá na Delegacia, nós temos um jeitinho especial para fazer com que as pessoas falem. Sabe como é, as pessoas às vezes não querem falar e a gente precisa soltar a língua delas.
— Pelo amor de Deus, não me torturem!
— Torturar? Quem falou em torturar? Nós apenas induzimos as pessoas a falarem, não gostamos de mudos.
— Mas eu nunca pertenci ao governo passado.
— Isso veremos lá na sala das verdades. Levante-se devagar, tenho uma arma na mão que está no bolso, saia discretamente.
— Mas eu preciso pagar a conta.
— Deixe aí em cima da mesa uma nota de dez.
— Mas a minha despesa não vai a três...
— Deixe de ser pão-duro e largue o dinheiro na mesa.

Entraram em fila indiana no camburão, enquanto os policiais saíam discretamente, cada um para seu lado. Eles ainda precisavam prender, naquele dia, mais quarenta pessoas do governo deposto. Havia um prêmio especial – uma viagem com tudo pago a Bariloche, ida e volta, estadia e aulas de esqui no gelo, para toda a família, durante quinze dias – para todo aquele que atingisse a meta de cem presos até o último dia do mês. Um deles já contava com o crédito de 76. O que conseguisse capturar o ex-governador que se encontrava desaparecido, mas que ainda não devia ter saído da cidade, receberia mil pontos, o equivalente a uma viagem ao redor do mundo, através de 86 países, com tudo pago, inclusive extras. A meta era o homem.

Quando chegaram à Delegacia, os presos já sentiam falta de ar, Moysés lutava para se livrar da mão obscena do anão que, mesmo no escuro, não cessava de trabalhar, e a porta mantinha-se fechada, com muita gente a gritar lá fora. Através de uma fresta eles viram que o pátio continha uma compacta multidão de homens e mulheres agitadas. Teva exclamou:

– Mas vão nos largar num comício!

– Comício coisa nenhuma, disse o doutor Morell, toda essa gente foi presa como nós. Estamos perdidos, aliás o verbo é outro.

Bollmann sorriu altivo, disse que como alemão já passara por momentos piores. Um homem era um homem, mesmo nos pátios da DOPS. O anão dava a impressão de que ia começar a chorar:

– Mas afinal, o que estamos fazendo aqui? Quem nos teria denunciado?

— Cala a boca — disse Morell —, eles estão enganados e assim que souberem disso nos soltarão, com pedidos de desculpas.
— Claro — disse Bollmann —, desculpas pelo pau-de-arara.
— Que negócio é esse? — perguntou o anão.
— Você terá ocasião de conhecer o processo pessoalmente. Só digo que é uma coisa que leva até um alemão a confessar que é judeu.
— Nunca! — exclamou o anão. — Prefiro a morte a confessar tal coisa.

Dona Raquel não conseguiu pregar olho naquela primeira noite. Pediu que Rebeca viesse para junto de si, temia pela vida de seu filho.

Rebeca sentiu que ia começar a chorar, também, pelo menos em sinal de franca solidariedade à mãe que sofria. Mas tinha acabado de ver na televisão o "Golias Show" e achava impraticável misturar riso com lágrimas naquele preciso momento. Dona Raquel esfregava os olhos com um lenço pardo:

— Vão matar o meu Teva, eu sei, ainda mais agora que o Brasil está de pernas pro ar, as cadeias cheias de gente, soldado por todos os cantos, me diga uma coisa, onde vamos parar, céus!

Desatou num choro tão forte e tão soluçado que Rebeca saiu correndo para buscar um copo d'água. Acendeu a luz da cozinha, abriu a porta da

geladeira e procurou a garrafa d'água. Foi quando deu com o vidro misterioso, mola de tantas desgraças. Lá estava ele com o seu líquido leitoso e sanguinolento, a tampa bem atarrachada e com leves sinais de ferrugem nas bordas. Recuou apavorada, retornou correndo:
– Dona Raquel, pelo amor de Deus, aquele vidro! Aquele vidro!
A outra suspendeu o choro abruptamente, limpou o nariz na manga da blusa, arregalou os olhos sem compreender, por fim agarrou a vizinha pelos braços:
– Que vidro, mulher? Afinal...
– O vidro misterioso, lá está ele na geladeira, a senhora sabe que ele só traz desgraça, por causa dele o Teva deve estar sofrendo...
Dona Raquel ficou muda. Então a vizinha tinha visto o vidro na geladeira. Sim, o vidro que num dia distante, em Capão da Canoa, provocara um maremoto, fizera com que o céu escurecesse, que um vendaval se desencadeasse com forças sobrenaturais, quando o próprio mar recuara deixando peixes mortos nas areias. Rebeca estava lívida:
– Deixei a geladeira aberta, Dona Raquel, juro que não tive coragem de bater com a porta – sentou-se quando sentiu as pernas bambas –, e não quero voltar para a cozinha, aquele vidro me deixa transtornada.

Dona Raquel havia recuperado a calma. Disse que a vizinha ficasse descansando um pouco, fora muito bom que não tivesse fechado a porta. Dirigiu-se resoluta para a cozinha.

Seus olhos estavam secos, seu coração endurecera, seus músculos retesados eram cordas de um violino lendário. Pegou o vidro com as duas mãos, e, com o ombro, tornou a fechar a porta da geladeira. Depois, entrou novamente na sala, transportando entre as mãos, braços estendidos, o vidro misterioso diante dos olhos espantados de Rebeca.

Sabia exatamente o que deveria fazer: enrolar o vidro, amarrar o papel com fortes cordões, enfiar um casaco, conduzir a relíquia para algum lugar que saberia qual fosse somente depois de abrir a porta e ganhar a rua.

Marcharia na direção do filho, onde quer que estivesse, num banco de praça, no leito de um rio, debaixo de uma árvore, numa sala de torturas. Sim, ela o encontraria.

Caminhou decidida, torceu o trinco e abriu a porta da frente pela primeira vez, depois de muitos anos.

XI

Diante dela estava parado um homem pequeno e magro. Usava uma longa capa à la Humphrey Bogart, chapéu desabado sobre os olhos.
– Que é? O que deseja? – indagou, brusca, Dona Raquel, que nunca tinha visto um filme de Humphrey Bogart.
– Eu queria... Bom... – Apesar da aparência sinistra, o homenzinho mirava-a assustado.
– Fale de uma vez, seu! – gritou Dona Raquel.
– Não vê que estou com pressa?
– É que... Eu... Bem... – o homenzinho encolhia-se. – Eu estava pensando em lhe fazer uma visita...
– Visita? A esta hora? – Dona Raquel olhava-o, suspeitosa. – A esta hora não recebo visitas. E, afinal, quem é o senhor?
– Calma – disse o homem. Tentou aparentar autoridade. – Sou eu quem faço perguntas, está ouvindo?

— O senhor? O senhor me faz perguntas? Ora, não amola, seu! Saia da minha frente, que eu estou com pressa!

Empurrou-o para um lado e ia adiante — mas aí o homem disse a palavra mágica.

— Teva.

— Hein? — Dona Raquel deteve-se. — O senhor disse Teva?

— Disse. E digo mais: Teva Caiman. Mais conhecido como "Se vá". Este nome não lhe diz nada, Dona Raquel? — o homenzinho acendeu um cigarro.

— Mas... — balbuciou a pobre Dona Raquel. — É o nome do meu filho! Como é que o senhor sabe o nome dele? E onde é que ele está?

— Saber coisas — disse o homenzinho, soprando uma baforada de fumaça — faz parte de minha profissão.

— O senhor... — ela arregalou os olhos — O senhor é... da polícia?

— Acertou! — ele apontou-lhe o cigarro, sorrindo.

— Meu Deus! — a pobre mulher apoiou-se à parede. — Polícia na minha casa! E o meu filho? Onde é que está o meu filho?

— Calma — disse o homem, examinando com interesse a brasa do cigarro. — Vamos devagar. Quem sabe a gente entra e conversa um pouco?

Entraram. Rebeca apareceu, assustada:

— O que houve, Raquel? Quem é este homem?

— É um conhecido, Rebeca. Pode ir, está tudo bem.

— Assim é melhor — disse o homem. Podemos conversar mais tranqüilos.
Sentou-se, olhou ao redor.
— Bonito apartamento. Vejo aí livros... Discos... Aposto que há coisas interessantes aqui.
— Pelo amor de Deus — implorou Dona Raquel —, onde é que está meu filho?
— Ai, botina. — O homem atirou o cigarro ao chão, apagou-o com o sapato. — Já vi que vou me incomodar. Eu não disse que as perguntas quem faz sou eu? Sente-se!
Dona Raquel sentou-se, os olhos cheios de lágrimas, os lábios trêmulos. O homem por sua vez levantou-se, caminhou lentamente até a prateleira, pegou um livro, folheou-o. Voltou-se, triunfante:
— Eu bem que desconfiava! Chinês, não é?
— Hebraico — disse Dona Raquel numa voz sumida. — É o livro de orações do meu falecido marido.
— Hebraico, é? — disse o homem. Folheou o livro mais um pouco, tornou a colocá-lo na prateleira. — Hebraico... Bem, isto vamos ver depois.
Tornou a sentar-se; sorriu:
— A propósito, Dona Raquel... Meu nome é Platão. Estou me apresentando, porque acho que conversando a gente se entenderá. Que acha a senhora?
— Não acho nada — fungou Dona Raquel. — Quero o meu filho, quero o meu Teva! Meu filhinho, meu lindo filho!

— Chega! — berrou Platão. — Eu estou aqui trabalhando, investigando, fazendo um enorme esforço de inteligência, e a senhora pedindo o seu filho! Vai ser mãe coruja assim no inferno, pô!

Dona Raquel conteve-se a custo. O homem bufou ainda duas vezes, depois disse, mais calmo:

— Escute. Vê se isto entra na sua cabeça, tá? Eu tenho um chefe, certo? E o meu chefe me mandou aqui, certo? Ele quer uma coisa que vocês têm escondida aqui, certo? E se a senhora não entregar esta coisa, adeus Teva!

— Coisa? — Dona Raquel arregalou os olhos. — Coisa de valor? Meu Deus, a única coisa de valor que tem nesta casa é o Teva!

— Lá vem ela de novo — suspirou o homem. — Não é o Teva, dona. É uma coisa, sabe? Seu filho é coisa? Não. É um troço qualquer, um objeto. Meu chefe disse.

— E se o seu chefe é tão esperto — Dona Raquel agora estava irritada —, por que ele não disse que coisa tão valiosa é esta?

— Bem... — Platão pigarreou. — Porque ele não sabe bem o que é. As informações dele não chegam a tanto. É uma coisa que vocês escondem.

Chegou-se para a frente, abaixou a voz:

— Ele não sabe... Mas eu tenho um palpite, Dona Raquel.

Sorriu, cúmplice.
— E sou até capaz de fazer um negocinho com a senhora. Salvo seu filho, se a gente rachar.
— Mas rachar o quê? — Dona Raquel cada vez entendia menos.
Platão respirou fundo. Depois disse, em voz baixa e grave:
— O ouro.
— Ouro? — Dona Raquel deixou cair o lenço.
— O ouro! — gritou Platão. — Não te faz de idiota, velha! O ouro, sim! O ouro dos judeus! O ouro de Moscou, sei lá! O ouro! As jóias!
— Ouro?... — Dona Raquel começa a rir. — Ouro, seu Platão? Só se for dos meus dentes, seu Platão!
Platão pôs-se de pé, num pulo:
— Chega! Agora chega!
Conteve-se, a custo. Conseguiu até sorrir — um sorriso que gelou a pobre Dona Raquel:
— Pela última vez, dona. Vamos ver se a senhora me entende, está bom? A senhora estava sendo vigiada, sabe?
— Vigiada, eu? — Dona Raquel levou a mão à boca. — Mas por quê? E quem me vigiava?
— Alguém. — O homem acendeu um cigarro. — Alguém a vigiava, de um edifício situado aqui perto Com binóculos, sabe? Pela janela. E esse alguém sabe que a senhora tem coisa escondida aqui. Vou lhe dizer mais: é um vidro.
— Num vidro?...

97

– Num vidro, numa lata, numa coisa assim.
– Um vidro?... – Dona Raquel olhava-o, sem entender. – Um vidro?...
De repente seu rosto se iluminou. Começou a rir. Primeiro um risinho contido, depois um riso franco, aberto – gargalhadas. Gargalhava, dobrava-se de tanto rir. Platão olhava sem entender.

Enquanto isso...
Os prisioneiros estavam todos reunidos numa espécie de salão, de teto baixo, paredes úmidas e pequenas janelas gradeadas. Em grupos, conversavam, nervosos.
Teva mantinha-se a um canto, calado. Já tinha sido interrogado (por um homenzinho gentil, de voz suave, cabelos brancos e óculos de aro dourado, a quem os outros chamavam de *chefe*); limitara-se a dar o nome, o endereço e o nome da mãe. Mais o homenzinho não quisera.
– Vejamos – recapitulava Teva, mentalmente. – Ele quis saber o meu nome. Por quê?
Alguém bateu-lhe ao ombro. Voltou-se.

Era uma moça linda, linda. Loira, de olhos verdes, corpo perfeito.

EI!

És Gói?

Sou, mas morei no Bom Fim muito tempo.

AH!

Tem fogo?

Teva. Meu nome é Teva.

Deu-lhe uma súbita suspeita: não seria agente, ela? Como que adivinhando a loira murmurou:

Me agarraram, também, lá no Chalé. Maldita hora em que fui beber cerveja! Mas quando eu sair daqui...

Já decidi. Vou partir para a guerrilha urbana. Bombinha aqui, assalto ali... eles vão ver.

Há, sim... E a propósito... como é seu nome?

Urbana. Urba para os amigos. Acho que posso te considerar amigo, não é, Teva?

— Claro — ele sorriu também.
Ficaram um instante em silêncio, ela fumando.
— Temos de dar um jeito de cair fora daqui — ela murmurou. — Ali atrás há uma outra sala... Vazia... E a grade da janela está meio solta. Não quer tentar?
Teva olhou-a. Uma súbita emoção apossou-se dele. Corou, disse com voz embargada:
— Vai indo que eu vou atrás.
A moça esgueirou-se entre os grupos que discutiam acaloradamente. Teva aguardou um pouco e entrou por sua vez na salinha.
Urbana estava junto à janelinha, sorrindo. Teva aproximou-se, o coração batendo forte.
— Aqui — murmurou ela.
Mostrava a grade, que de fato estava quase solta. Teva colocou-se de lado para a janelinha, a fronte tocando as barras de ferro enferrujado. De repente, num golpe poderoso, virou a cabeça. A grade saltou longe.
— Conseguiste! — disse ela. — Estamos livres!
Um minuto depois corriam pelas ruas desertas.

Finalmente Dona Raquel parou de rir:
— O vidro? — perguntou, ainda arquejante. — É o vidro que o senhor quer? O vidro eu lhe dou, seu Platão! Espere um pouco!
Desembrulhou o frasco:
— Pronto. Está aqui o vidro. Leve para o seu chefe.

Platão pegou o vidro, mirou-o, intrigado. Não estava convencido de que fosse aquele o frasco secreto. Durante duas horas revistou minuciosamente a casa. Por fim, teve de se render à evidência; os outros vidros continham apenas líquidos insuspeitos; o único que tinha um aspecto misterioso era aquele.

– Vou levar este mesmo – disse. Já ia saindo, quando Dona Raquel agarrou-o pelo braço:

– Espera um pouco, seu Platão! E o meu filho?

Ele soltou-se com um safanão:

– Filho? Nada de filho. Primeiro vou descobrir se era isto mesmo que o chefe queria. Depois falamos de seu filho.

Dona Raquel ainda tentou retê-lo, mas ele empurrou-a, puxou um revólver:

– Quieta aí!

Saiu. Dona Raquel correu até a porta:

– Que esta coisa te traga todas as desgraças que trouxe para mim, bandido, sem-vergonha!

Platão nem se voltou. Ela ainda hesitou, depois foi atrás dele.

XII

—Onde está o rapaz? – perguntou Morell, de repente.
– Que rapaz? – o anão não tirava os olhos do doutor Moysés.
– O rapaz que estávamos seguindo, idiota!
Bollmann e o anão olharam ao redor, inquietos. O rapaz não estava mais na prisão. Correram de um lado para outro, até que:
– Aqui! – gritou o anão, da pequena sala. Precipitaram-se pela porta, deram com a janela aberta.
– Fugiu! – gemeu Morell. – Eu sabia que isto ia acontecer!
– Atrás dele! – disse Bollmann.
O anão passou rápido pela abertura. Morell e Bollmann tiveram mais dificuldade, mas saíram também.
Já estavam na rua quando ouviram uma voz irônica:
– Iam me deixando para trás, não é, malvados?

Era o doutor Moysés. Bollmann, Morell e o anão puseram-se a correr.

— Esperem por mim! — gritou o doutor e correu atrás.

O homem de cabelos brancos examinava o frasco através dos óculos de aro dourado.

— Tem certeza que é este o vidro, Platão?

— Absoluta, chefe — disse o inquieto Platão. — Não havia nenhum outro vidro lá, o senhor pode ter certeza.

— Mas isto — disse o homem — não me parece nada de valor. Parece antes...

Do lado de fora da sala ouviu-se uma gritaria espantosa.

— Que é isto? — disse o homem.

A porta se abriu:

— Te peguei, Platão!

Era Dona Raquel.

— Não conseguimos agarrá-la, chefe! — disse um dos homens. — Ela entrou como um furacão...

Dona Raquel e o homem olharam-se, assombrados.

— Professor Gudinho! — disse ela.

— Professor? — Platão não entendia mais nada.

Dona Raquel aproximou-se, agarrou o homem pela gravata.

– Professor! Mas foi o senhor quem arrumou toda esta confusão?
– Os homens tentaram agarrá-la, mas ela – mulher robusta – deu uma gravata no pescoço do velho:
– Não se aproximem ou eu mato o chefe de vocês!
– Façam o que ela manda, homens – disse o professor, quase asfixiado.
– Muito bem – Dona Raquel afrouxou o braço.
– E agora vá contando tudo.
O professor respirou fundo.
– Mas antes – disse Dona Raquel – eu quero que vocês saibam: este homem não é chefe coisa nenhuma! Ele é o Gudinho, professor de contabilidade aposentado e meu vizinho! É ou não é, professor?
– É – murmurou ele. – E foi do meu apartamento que eu comecei a vigiá-la, Dona Raquel. Eu tenho binóculos... A senhora sabe... É que a senhora muda a roupa diante da janela aberta...
– Tarado! – gritou Dona Raquel, indignada.
– Não! – gemeu o professor. – É amor, Dona Raquel! Eu a amo, Dona Raquel!
– Não acredito – disse ela. – Além disso, o senhor é gói. Deixe de lado esta história de amor e continue.
– Numa destas ocasiões – continuou o professor –, vi a senhora escondendo o vidro. E então – ai de mim! – o amor foi suplantado pela cobiça. Deduzi que o vidro continha ouro, ou jóias...

— Mas que professor mais idiota! — exclamou Dona Raquel. — Então eu ia guardar ouro na geladeira? Ouro se guarda em cofre!

— Eu sei lá onde se guarda ouro — disse o professor. — Só entendo de economia, não entendo de ouro. Mas resolvi me apossar do vidro. Aí então me veio a idéia de simular uma batida policial... De levar o Teva para uma prisão, e assim fazer com que a senhora me entregasse o frasco. Me deu muito trabalho isto tudo, Dona Raquel. Gastei minhas economias. Contratei estes homens, aluguei um depósito, comprei até um antigo camburão da polícia num leilão. Os homens - apontou-os — são muito burros (houve um murmúrio de revolta). Tive de ensinar-lhes o que dizer... Tive de prometer viagens a Bariloche.

Um desabafo:

— E os burros, em vez de prender só o Teva, prenderam meia Porto Alegre!

— Teva! — gritou Dona Raquel. — Onde é que está o Teva? Fala, desgraçado!

Apertou-lhe o pescoço até que o professor ficou roxo.

— Do lado! — disse Platão. — Aqui ao lado é a prisão!

Abriram a pesada porta de ferro.

| Ninguém: o salão estava vazio. | Um dos homens apontou a pequena sala: | Precipitaram-se em magote para a sala. Deram com a janela aberta. |

"Como? Onde estão os prisioneiros?"

"Por ali!"

"- Fugiram! Lá se vai a minha viagem a Bariloche!"

"Teva fugiu!"

"Atrás deles!"

"Me tirem daqui!"

"Tiramos coisa nenhuma! Deixem a velha aí, homens, e vamos atrás dos fujões!"

"Não! Soltem-na, se não ela me mata!"

"SOFRE, BANDIDO!"

"Agora vamos!"

Não tinham ido até a esquina quando uma explosão sacudiu a quadra. Logo em seguida o fogo tomou conta do velho depósito.

BLAM

A guerrilha urbana ataca!

Vamos embora, Urbana!

Teva! Teva, meu filho!

TAXI!

HÃ?

Atrás dele, homens! Ele nos deve uma viagem a Bariloche!

Mas era tarde demais! o táxi já arrancava.

Teva!

Houve uma pausa angustiante. Finalmente, da fumaça acre veio outra voz:

Mamãe!

XIII

A muito custo, Teva convenceu a mãe a aceitar Urbana em casa. Dona Raquel vivia em alerta contra noras em potencial. Se a nora era inevitável – o seu Teva, afinal, era um partido irresistível com seu perfil de concertista –, que ao menos fosse judia. E se não fosse judia, que não fosse alguém como aquela estranha moça loira com os cabelos em desalinho e a roupa surrada. Mas o pior era a cartucheira que trazia atravessada no peito. Dona Raquel ouvira falar em pistoleiras, mas jamais sonhara que encontraria uma. E muito menos que a traria para casa. Mas ali estava ela, examinando as suas coisas com ar de desdém.

– Típico apartamento pequeno-burguês. É por isso que nada de historicamente muito importante pode sair do Bom Fim.

– Que foi que ela disse?

– Nada, mamãe. Fique calma. Urbana, por que

você não vai tomar um banho? Você está com pólvora até no cabelo.
— Você não quer me dar banho? Dona Raquel gemeu. De escândalo. E com a memória de certa noite de verão num quarto de hotel em Capão da Canoa. Um alemão molhado, as toalhas felpudas em sua mão, uma cicatriz que nunca acabava. E aquele pênis ereto, marcial, nazista e salgado.

(Nota: *este é o único capítulo do livro que contém, explicitamente, sacanagem. O leitor mais sensível deve parar de ler agora e pular diretamente para o próximo capítulo, sob pena de dissolução moral. Não precisa se preocupar em perder o fio da meada, porque os próprios autores ainda não o encontraram. Os Autores.*)

— Isto não é hora para brincadeiras — disse Teva, sorrindo. — Vá tomar banho. Mamãe, empreste o seu roupão para Urbana.
— Isso nunca.
— Então eu empresto o meu.
— Está bem. Ela pode ficar com o meu. Está atrás da porta do banheiro.
— Eu tinha prometido a mim mesmo só tomar banho quando o Jango voltasse ao governo — disse Urbana, relutando.
— O Jango está "hodido".

Teva virou-se para a mãe, surpreso.
— Está o que, mamãe?
— "Hodido". Foi o que disseram na televisão.
— Seja como for, é melhor tomar seu banho, Urbana. Depois conversaremos.
Urbana foi encaminhada ao banheiro por Teva. Antes de trancar a porta, puxou a cabeça de Teva e o beijou com violência na boca, como se o mordesse.

(Nota: *A sacanagem não tarda, leitor. Os Autores.*)

Enquanto a hóspede tomava banho, Teva e Dona Raquel fizeram uma recapitulação dos acontecimentos. Não havia dúvida. A culpa de tudo era daquele ridículo vidrinho que Dona Raquel insistia em guardar em casa. Por quê?
— Pelo valor sentimental.
— Bobagem, mamãe. Ainda bem que levaram o vidrinho. Assim, nos deixarão em paz.
— Mas os alemães não sabem que o vidrinho não está mais conosco. Eles voltarão.
— Não se atreverão, sabendo que eu estou aqui. Eles sentiram a minha força em Santa Maria. Durante o dia, quando eu não estiver em casa, a senhora pode ficar com a Dona Rebeca. E outra coisa, mamãe.
— O quê?
— A senhora não pode. Nunca mais, definitiva-

mente, abrir o que quer que seja. Nem envelope. Nada. É bom que a Urbana fique aqui por uns tempos. Ela não pode sair na rua, mesmo, e ajudará a senhora a cuidar da casa.

Já sei, pensou Dona Raquel. Coloco Urbana na frente de uma porta, qualquer porta, e abro a porta. Com sorte entrará uma locomotiva e a atropelará. Está bem que ela seja desbocada, suja e criminosa. Mas gói! Teva continuava falando.

— Não sei qual é a nossa parte em tudo isso que está acontecendo nem quero saber. Acho que está tudo ligado — o vidrinho, o seu rapto, a minha prisão, a queda do governo, tudo —, mas é melhor não saber de nada. Quero que a senhora tenha tranqüilidade. E quero, eu também, uma vida normal. Casar, ter meus filhos... Chega de aventura.

Dona Raquel suspirou. Urbana entrou na sala. Vestia o roupão de Dona Raquel displicentemente amarrado na frente. Um roupão felpudo. Ela estava molhada. E linda. Enxugava os cabelos com movimentos rápidos, caminhando pela sala. A cada movimento o roupão se abria mais um pouco.

(Nota: *Atenção, leitor. Os Autores.*)

— Me diga uma coisa, mamãe. — Enquanto falava, Teva não tirava os olhos de Urbana. — O que a senhora estava fazendo na polícia?

— Não era polícia, meu filho — disse Dona Raquel, que também não tirava os olhos daquela bandida no seu roupão. E contou toda a história do professor Gudinho e da farsa montada só para conseguir o vidrinho.

Urbana atirou a toalha longe, mas continuava a dar voltas dentro da sala como uma fera enjaulada. Disse:

— O que eu queria era ter uma metralhadora.

Com os braços na frente do corpo, fazendo o roupão se abrir ainda mais, segurou uma metralhadora imaginária e começou a disparar para todos os lados. A cada sacudida do seu corpo, o roupão ficava mais frouxo.

— Tatatatatatatata.

Apareceu o bico de um seio. (*Olhaí, leitor*). Dona Raquel arregalou os olhos. Teva olhava, apreensivo, do seio para a mãe e da mãe para o seio.

— Ratatatatatatata.

O bico do outro seio. Teva levantou-se apressadamente e dirigiu-se para Urbana, abaixando-se comicamente no caminho para escapar a uma rajada da metralhadora. Fechou a frente do roupão da moça e disse que ela precisava sentar e descansar, estava muito agitada. Tinha sido um dia movimentado para todos. E se Dona Raquel preparasse alguma coisa para eles comerem?

— Posso abrir uma lata de presuntada.

– Não! Não abra nada. Não tem comida na geladeira?
– Deve ter uns restos do almoço.
– Então eu abro a geladeira para a senhora e a senhora nos prepara uma ceia.
– Uma quê? – perguntou Dona Raquel, olhando para a frente do roupão de Urbana, que permanecia entreaberto.
– Uma ceia, mamãe.
– Ah.

Enquanto Dona Raquel preparava a comida, Teva e Urbana aproveitaram para se conhecerem melhor. Não demorou muito, estavam brigando. Urbana não entendia como, naquele momento histórico, com tanta coisa importante acontecendo no país e no mundo, Teva podia ser tão alienado.

– Alienado, eu? Alienado? Sei o nome completo dos quatro Beatles. Até o nome verdadeiro do Ringo, que poucos sabem. Li *A Carne,* de Júlio Ribeiro. Assino o Reader's Digest. Desenvolvi um estilo de luta oriental mais milenar do que o karatê.
– E o Brasil? O que está acontecendo no Brasil?
– Eu e a mãe não temos nada a ver com isso.
– Viu só? Alienação. Vocês têm tudo a ver com isso.
– Foi o vidrinho.
– Que vidrinho?

Dona Raquel apareceu na porta da cozinha para

avisar que estava tudo pronto, só faltava abrir o vidro de ketchup.

— Vidrinho! — continuou Urbana. — O Brasil de pernas para o ar, a revolução vitoriosa, e você me fala em vidrinho. Mas as reformas virão, meu caro. Não vieram legalmente, virão pelo fogo. Agora é fogo.

Urbana ergueu-se de um pulo e recomeçou a disparar sua metralhadora imaginária.

— Tatatatatatata.

A frente do roupão abriu por completo. Os seios nus da guerrilheira sacudiam a cada rajada como duas gelatinas brancas decoradas com cereja. Teva também pulou. Enlaçou Urbana pela cintura e começou a beijar-lhe o pescoço como um vampiro faminto. De repente, estacou.

— Não pare, alienadão. Não pare! — ordenou Urbana, ofegante.

Mas Teva recém se dera conta de uma coisa. Dona Raquel dissera que ia abrir o quê? Projetou-se na direção da cozinha.

— Não abra nada, mamãe! Não abra nada!

Na rua, Morell e o coronel Bollmann olhavam para a janela iluminada do apartamento dos Caiman. O anão não estava com eles. Nem o doutor Moysés. Os dois não sabiam o que fazer. Podiam simplesmente invadir o apartamento e pegar o vidrinho de uma vez por todas. Mas e se o filho da velha, o maluco de Santa Maria, o que lutava karatê gritando como um chefe de orquestra cubano, estivesse em casa? Era arriscado.

— Maldito Rudolph Bollmann, que confundiu o Brasil com a Argentina e ainda perdeu o vidrinho na praia! — vociferou Morell.

— Não fale assim do meu pai. Ele...

— Cale-se! A culpa é toda dele. Se não tivesse falhado, o vidro com a relíquia do Fuehrer estaria hoje de volta na Alemanha. Nossa única esperança de fazer reviver o nazismo é levá-la de volta à pátria. O nazismo renascerá em torno do testículo restituído de Hitler.

— Meu pai se sacrificou pela pátria. Passou anos perdido nas dunas do litoral deste Estado, alimentando-se de tatuíras e água da chuva. Quando foi recolhido, no Imbé, estava tão queimado do sol que tinha que dormir de pé, sem encostar em nada. Ficou vermelho pelo resto da vida. Só quase vinte anos mais tarde, de volta à Alemanha, recuperou a razão e então nos informou o nome da pessoa que ficara com o vidrinho. Vocês não tem o direito de criticá-lo.

— Era um imbecil.

— Imbecil é você! Você e aquele anão desgraçado.

— Não fale naquele anão desgraçado. Além de tudo é um traidor. Nos abandonou.

– De mãos dadas com o doutor Moysés. Ach!
– Não podemos continuar aqui deste jeito. Proponho que se invada o apartamento, se liquide quem aparecer pela frente, e se pegue o vidrinho. E pronto. Uma "blitz". Como nos velhos tempos.
– E o rapaz?
– Passamos ele no fogo, também.
– Então vamos!
– Vamos lá!
– Pelo Fuehrer!
– Pela Pátria!
– Avante!
– Vamos!
– E então?
– O quê?
– Avante!
– Você primeiro.

Começaram a atravessar a rua na direção do edifício dos Caiman. Morell acariciava a sua Luger. O coronel, a sua faca. Chegaram ao meio da rua. Neste exato momento, Dona Raquel destampou o vidro de ketchup. Abriu-se uma cratera na rua sob os pés dos dois alemães, que desapareceram para sempre.

– Que estrondo foi esse na rua? – perguntou Rebeca. E logo em seguida deu-se conta: – Dona Raquel deve ter aberto alguma coisa.

Cansado como estava, Teva Caiman não conseguia mais ver o próprio perfil. Por mais rápido que se virasse, sempre dava com a sua cara de frente no espelho. Resignado, fez alguns exercícios, vestiu o pijama e se deitou. Que dia! Urbana estava dormindo no sofá da sala. Dona Raquel fizera muitas recomendações. Que se comportassem. Aquela era uma casa de respeito. Emprestou uma de suas camisolas mais grossas para Urbana e anunciou que não dormiria toda a noite para poder controlar os dois jovens. Em cinco minutos, estava dormindo.

Teva viu que a porta do seu quarto se abria. Era Urbana.

(*É agora, leitor. É agora!*)
– Teva?
– Sim?
– Posso entrar?
– Pode.

Urbana entrou no quarto, fechou a porta e aproximou-se da cama.

– Gostaria de continuar a nossa conversa. Tenho muita coisa para dizer. Quero que a minha posição fique perfeitamente clara.

– Por que você não deita aqui do meu lado? E tire a camisola.

– Por quê?

– Poderemos conversar melhor.

Urbana tirou a camisola. Seu corpo era perfeito.

Na penumbra, Teva não conseguia ver o seu púbis. Por isso, assim que Urbana deitou-se a seu lado, levou a mão para ver se ele estava lá, no lugar de sempre. Estava.

Filosoficamente, sou contra a violência.

Mas acho que, quando chegamos a um certo estágio de conscientização, devemos fazer a opção. Ou a práxis é uma extensão da teoria, ou a teoria era hipócrita. Você entende?

Entendo. Abre um pouquinho as...
Assim.

Decidi ser uma revolucionária. Há muito tempo me revoltei contra todas as convenções burguesas. E o repúdio automático à violência, independente da circunstância histórica, é apenas mais uma convenção da, ahnn...

Assim é bom?

É. Apenas mais uma convenção burguesa que...

Segura aqui.

O quê?

Me dê a sua mão. Aqui.

Puxa!

Obrigado.

Assim, no momento em que optei por uma postura revolucionária e progressista, estava, mesmo que não soubesse, já fazendo a opção final, pela violência. Você quer que...

Deixa eu ir por cima.

— Teva...

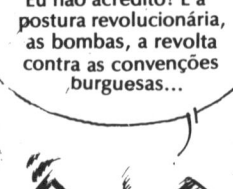

— O que é? Relaxe...

— Eu sou virgem.

— Você é o QUÊ!

— Sou virgem. E só vou dar para quem casar comigo.

— Você casa comigo?

— Eu não acredito! E a postura revolucionária, as bombas, a revolta contra as convenções burguesas...

— Você está pensando que eu sou dessas, é? Só depois do casamento.

— Deixa, benzinho...

— Você casa comigo?

— Isso a gente vê depois. Relaxe. Deixa eu botar só assim, por fora...

— Se entrar é para casar.

— Eu não vou entrar.

— Teva, eu quero casar com você, Teva! Entra. ENTRA!

— Não, só por fora, só por...

Nesse instante Dona Raquel abriu a porta do quarto do filho. Com o susto, Teva penetrou, irremediavelmente, no casamento.

HÁZ!

AHAAAHAA

E passaram-se anos. O doutor Moysés e o anão refugiaram-se na casa do doutor Hans Mayer, em Santa Maria. Lá o doutor Moysés ficou sabendo, de Mayer, do testículo único de Hitler e, do anão, de todos os detalhes da operação *Ovo de Fênix*. Mas o anão tinha perdido todo o interesse pela operação.
— Verdade? — pergunta o doutor Moysés, olhando fundo nos olhos do anão.
— Verdade.
— Pois eu, de posse do vidrinho, conquistaria o mundo.
— Eu não sou o bastante, Moysés?
— Sim, Fritz — soluçou o doutor Moysés, emocionado —, você é o mundo para mim.

Em 1968, o doutor Moysés e o anão abririam um bar de chope na Floresta, em Porto Alegre. Grundel, a velha governanta de Hans Mayer, os acompanharia para cuidar da cozinha. Até hoje comenta-se que os três dormem na mesma cama, e que há momentos em que o anão desaparece sob a paixão avassaladora do doutor Moysés e da grande mulher-cruzador. Muitas vezes eles se perguntam que fim teria levado o vidrinho com seu estranho conteúdo, a operação *Ovo de Fênix*, o coronel Bollmann, Morell... Quando lêem alguma notícia do recrudescimento do nazismo na Europa, chegam a pensar que a operação *Ovo de Fênix* foi bem-sucedida e o vidrinho voltou para a Alemanha. Mas depois lêem notícias sobre o

121

triunfo do totalitarismo em várias outras partes do mundo e chegam à conclusão que o frasco pode estar em qualquer lugar. E pensar que perdemos a oportunidade de participar desse renascimento, suspira o doutor Moysés. Mas logo olha para o seu querido Fritz de pé sobre um banquinho, manejando a alavanca do chope atrás do balcão, e suspira com doce resignação. Foi melhor assim.
  E que fim teria levado Dona Raquel e seu filho Teva?
  Teva e Urbana Caiman mudaram-se para um apartamento nos Moinhos de Ventos. O consultório dentário de Teva Caiman prosperou como nunca depois do casamento. O casal tem dois filhos, cujos nomes foram escolhidos de comum acordo entre os pais. Um se chama Bakunin e o outro Babalu. Urbana desistiu de ser guerrilheira, embora de vez em quando ainda tire uma granada de mentira da bolsa e a jogue contra algum símbolo mais evidente de dominação burguesa, só pelo gesto. Sua cartucheira serve de suporte para arranjos florais, na sacada. Teva continua sendo um grande bailarino e faz sucesso nos bailes do Círculo. Bakunin puxou ao pai. Tem o mesmo perfil romântico e toca bongô como gente grande. E Urbana foi a primeira a defender Babalu quando acusaram o menino de pôr fogo no banheiro do jardim de infância em protesto contra a infelicidade das crianças pobres na hora da merenda. Estão bem. Nunca

mais ouviram falar no vidrinho. Uma vez Teva leu no jornal que o doutor Moysés, dono de um bar na Floresta, era o centro de uma celeuma, pois pretendia publicar uma versão do *Mein Kampf* em quadrinhos. Fora disso, nada. Dona Raquel morreu, devorada por um tigre. Até hoje ninguém conseguiu saber o que um tigre fazia dentro do armário que Dona Raquel abriu, apesar de todos os conselhos, no seu maltratado apartamento do Bom Fim, no dia do casamento de Teva.

Muitas vezes, Teva pensa: que fim terá levado o tal professor Gudinho com o vidrinho? A última notícia que Teva soube do Prof. Gudinho vinha de Brasília.

XIV

Para fugir de Platão, o professor Gudinho fez o táxi rodar toda a noite. Ao amanhecer, mandou tocar para o aeroporto. Sempre com o frasco na mão, foi ao balcão de embarque e perguntou à funcionária para onde se dirigia o próximo vôo. Brasília, foi a resposta, e os olhos do professor brilharam: Brasília! Platão nunca pensaria em procurá-lo no planalto central. Comprou a passagem e embarcou.

Sentado na poltrona, o cinto afivelado, o professor suspirou: podia enfim descansar.

Sua tranqüilidade não durou. Sentados atrás dele, três homens estavam tendo uma conversa muito, muito estranha. A situação é complicada, dizia um. É mesmo, concordava o outro, precisamos dar um jeito neste negócio antes que a trama se estenda demais. Vocês vêem – a coisa já está em Brasília! Eu, por mim, murmurava o terceiro, matava meia dúzia e terminava com um final feliz. Matar meia dúzia é uma boa, ponderava o primeiro, mas como? A guerrilheira, que podia se encarregar disto, agora só pensa em cama. E o vidro, disse o segundo, por que não recorrer enfim ao vidro?

O professor tirou do bolso um espelhinho e olhou o trio atrás dele. O que viu, cortou-lhe a respiração: dois com barba! O terceiro não era barbudo, mas isto não acalmou o professor. Chamou a aeromoça: quem são esses três aí atrás, perguntou baixinho. São escritores, respondeu disfarçadamente a aeromoça, mas o senhor não precisa se assustar: o avião não corre perigo algum. Estão indo a Brasília em busca de inspiração para uma novela que estão escrevendo e que têm de entregar daqui a treze anos. Apressadinhos, murmurou o professor e procurou esquecê-los. O avião já pousava.

Recomeçar a vida em Brasília não foi fácil. Até então o professor tinha sido um homem de vida regrada, sua maior emoção sendo espiar as pernas das alunas enquanto falava sobre a lei da oferta e da procura (o professor era um intransigente defensor da economia de mercado. No século dezenove é que era bom, costumava dizer. O operário conhecia seu lugar: começava a trabalhar aos seis anos de idade, ficava nas máquinas dezesseis horas por dia. Agora, é essa depravação que anda por aí).

Com a ajuda de amigos, o professor Gudinho montou uma firma especializada em assessoria econômica. Prosperou: de repente, suas idéias estavam novamente em voga e ele era procurado por empresários, técnicos e políticos, de quem cobrava grandes somas em troca da orientação que proporcionava. Isto, apesar de ser considerado um esquisitão: o que é aquele vidro que ele sempre carrega na mão? – perguntavam-se os clientes. Ninguém sabia explicar, mas todos concordavam em que deveria ser um importante instrumento de trabalho para o professor, que operava segundo um método por ele denominado de técnicomístico. Quando era consultado sobre assuntos econômico-financeiros, fechava os olhos, segurava o frasco com as duas mãos, e dizia em tom oracular:

– Oceano Glacial Ártico.

Ninguém entendia nada. O professor abria os olhos, como se tivesse saído de um transe, e perguntava:

– Então? Falei?

As pessoas se remexiam inquietas: falou, professor, mas ninguém entendeu, o senhor nos perdoe. O professor se impacientava: o que foi que eu falei? Oceano Glacial Ártico, respondiam. E ele, sorrindo com superioridade: pois está muito claro, não vêem? Oceano é água salgada. Da palavra sal vem salário. E glacial lembra congelado. O negócio é salário congelado, não perceberam? Ah, diziam todos, impressionados, olhando o frasco, que nestas ocasiões borbulhava, uma estranha luminosidade desprendendo-se dali.

Rico, o professor pôde finalmente realizar um antigo sonho: comprar uma chácara nos arredores de Brasília, e ali montou uma espécie de harém. Eram moças selecionadas, a quem o professor batizou com carinhosos apelidos: Moeda Forte, era uma; Reversão de Expectativas, outra. Com elas, o professor entregava-se ao que chamava de *livre jogo do mercado*. Elas ficavam em círculo, ele, de olhos vendados (e sempre segurando o frasco) escolhia uma ao acaso. O conteúdo do vidro borbulhava então mais que nunca.

Apesar disto, o professor não era feliz. Era perseguido pela imagem dos três homens do avião. O que terá acontecido a eles? – perguntava-se. Estarão aqui em Brasília? Será que o terceiro também deixou crescer a barba? Não podia ver homens de barba conversando, dava-lhe uma inquietação, uma fúria malcontida. Uma vez, num restaurante, chegou a levantar-se, e disse a um barbudo: se o senhor pensa que a guerrilheira vai terminar comigo está muito enganado! O homem – um rabino ortodoxo que estava visitando Brasília – levantou-se e saiu precipitadamente.

As moças do harém, ao vê-lo tão irritadiço, procuravam consolá-lo. Reversão de Expectativas era especialmente carinhosa:

– Não tema, professor, nada lhe acontecerá. O senhor é um homem importante, rico, poderoso. Os três barbudos do avião...

– Três? – O professor olhava-a, esbugalhado. –

Quem te disse que são três, os barbudos? Da última vez eram dois. Como sabes que são três? O que estás escondendo de mim, Reversão de Expectativas?

— Nada, professor, balbuciava a moça.

Mas o professor não se convencia:

— Não adianta querer me enganar, Reversão. Tu estás contra mim. Todos estão contra mim. Como explicas a sobretaxa dos americanos à exportação? Hein? Justamente quando eu tinha recomendado aos meus clientes que exportassem?

A custo a jovem conseguia acalmá-lo. O professor Gudinho pedia desculpas, explicava:

— É tudo por causa deste frasco. Não sabes, minha filha, a força que fiz para consegui-lo... Tive de roubá-lo de uma velha, imagina. Eu pensava que continha ouro, diamantes, coisas assim. Não.

Baixava a voz:

— Vale mais do que ouro, este vidro. É um talismã! Ele é que tem me dado sorte!

— Então? — dizia Reversão, sorridente. — Ninguém poderá lhe fazer mal, querido professor.

Enganava-se.

Tendo perdido o professor Gudinho de vista, Platão nunca mais descansou. Garçom no bar do doutor Moysés, ele vivia obcecado com a lembrança da

fuga do velho. Às vezes, carregando uma bandeja com chopes e sanduíches, parava no meio do bar:
— Onde andará o patife?
— Traz logo o chope, reclamavam os fregueses.
Platão suspirava e voltava à realidade. Esquece o tal de professor, dizia-lhe a mulher, a tua viagem a Bariloche já era. Mas Platão não esquecia.

O acaso acabou por ajudá-lo. Um freguês esqueceu no bar o *Correio Braziliense*. Passando os olhos pelo jornal, Platão deu com o anúncio: *Professor Gudinho. Consultoria econômica: advertências & previsões. Método técnico-místico. Infalível.* Seguia-se o endereço.

O professor Gudinho não se sentia bem. Resolveu fechar o escritório e voltar mais cedo para casa. Convocaria duas ou três meninas do harém para lhe fazer companhia, ficaria olhando televisão.
Ia guardar o vidro no cofre, como de hábito, mas hesitou. Parecia-lhe sentir nele uma estranha vibração, algo assim como um aviso. Decidiu levá-lo consigo.
Saindo do escritório, o professor foi caminhando, como sempre fazia, até o bar onde tomava o uísque das cinco.
De repente, um grito:

— Pára, safado! Pára aí!

Era Platão, de um táxi! O professor não quis saber de nada: segurando o frasco, disparou superquadra afora. Iniciou-se então uma estranha perseguição: o velho correndo, arquejante, Platão atrás dele, berrando como um possesso:

— Pára aí, professor! Pára!

Chegaram a um enorme canteiro de obras. Me acudam, dizia o professor aos operários que o olhavam, sem compreender. Neste momento, o professor avistou o dono da firma construtora, que preparava-se para partir em seu automóvel. Espera aí, gritou. O homem abriu-lhe a porta.

Platão sentiu que era a sua última oportunidade. Num salto espetacular mergulhou, agarrou o professor pelas pernas. Gudinho caiu. O frasco saltou longe, desapareceu num fosso profundo.

— O vidro! — gritou o professor.

Naquele momento uma betoneira despejou o seu conteúdo de concreto no fosso, enchendo-o até a borda.

— Meu Deus! — gritou Gudinho. Platão, boquiaberto, olhava.

Gudinho levantou-se, correu ao fosso, tentou mergulhar no concreto. A custo, os operários retiraram-no dali. Estava exausto; deitaram-no num monte de areia.

— O que estão construindo aqui? — perguntou a um pedreiro, num fio de voz.

O homem encolheu os ombros. Não sei, disse, parece que é qualquer coisa da Fazenda.

— Da Fazenda? — O Professor sentou-se, os olhos arregalados. — Da Fazenda?

Apontou o dedo acusador na direção de Platão:

— Tu! Tu és responsável por tudo que acontecer daqui por diante a este país!

— Ora — retrucou Platão —, e a viagem a Bariloche, como é que fica? E os prejuízos?

O professor não chegou a responder: o coração lhe falhava. *Dívida externa,* ainda chegou a balbuciar, antes de expirar.

Uma ambulância chegou, a sirena aberta. Uma pequena multidão começou a se formar no local. Platão esgueirou-se entre as pessoas, devagarinho, sem ser notado.

Tendo desaparecido solo a dentro (haviam pisado numa tampa de esgoto mal colocada), Bollmann e Morell iniciaram uma estranha e penosa trajetória nas entranhas da terra. A princípio, seguiram pelo encanamento; depois, quando este terminou, começaram a cavar um túnel.

Esta tarefa levou anos, durante os quais eles viveram de raízes, cogumelos e pequenos roedores. Por que cavamos tanto? – perguntava Bollmann, e Morell respondia: Não pergunta, vai cavando. Secretamente, porém, tinha a premonição de que a escavação um dia os faria chegar ao frasco. Ânimo, Bollmann! – dizia. – Já estou vendo a luz no fim do túnel. Isto, à altura de São Paulo, mais ou menos.

E um dia realmente viram a luz. Bollmann, que usava a faca para cavar, enterrou-a com vontade na terra e sentiu uma lufada de ar fresco. Nervoso, alargou a abertura com as mãos.

– Estamos livres, Morell!

Morell afastou-o, impaciente, espiou com cautela. Estavam no fundo de um fosso – num edifício em construção, ao que tudo indicava: havia operários por toda a parte.

– Deixa-me sair! – gritou Bollmann, e tentou pular para fora. Morell puxou-o para trás – bem a tempo: uma betoneira acabava de despejar concreto mole no fosso. Bollmann bateu com a cabeça no teto do túnel, tombou desfalecido. Mas segurava na mão o frasco com o testículo de Hitler.

Incrédulo, Morell pegou o vidro, que iluminava o estreito túnel com uma pálida luz. Examinou-o. Não havia dúvida: era o autêntico frasco que ele mesmo tinha fechado, num subterrâneo, em 1945, e que, milagrosamente, voltava agora às suas mãos. Ia acordar Bollmann para contar-lhe do extraordinário achado, mas mudou de idéia. Resmungando ("este mundo

é pequeno para dois Fuehrers"), apoiou a Luger no peito do coronel e disparou seis vezes. Em seguida, começou a voltar. Andou alguns quilômetros e então pôs-se a cavar. Desta vez para cima, para a luz.
– É a fênix que ressurge das próprias cinzas! – bradava.

Platão entrou no avião, sentou-se, inquieto. Já na sala de espera tivera a atenção atraída para os três homens – os dois de barba, e o outro. Perguntara à aeromoça a respeito. São escritores, ela dissera, mas Platão continuava desconfiado, e mais desconfiado ficou ao ver que os três sentavam atrás dele. Falavam entre si, em voz baixa – mas não tão baixa que Platão não pudesse ouvir.
– A coisa está mal parada dizia um.
– Cada vez mais complicada – ponderava um segundo.
– Sobre a morte do professor Gudinho... – disse o terceiro. – Acho que já sei a quem pode se culpar.
O avião acabava de decolar. Platão levantou-se, foi até a porta dos fundos e – antes que a aeromoça conseguisse detê-lo – abriu-a e saltou.

O Doutor Morell agora corria pelo cerrado, agitando o vidro.

— Livre para agir! Livre para dominar o mundo!

Ouviu um ruído estranho, uma espécie de assobio, como o das bombas antes de explodir. Parou, levantou a cabeça...

FIUMM

...e foi justamente neste instante que Platão caiu sobre ele.

CRASH

KAPUTT!

Os passageiros mais calmos, Scliar Veríssimo e Josué, recomeçaram a conversa.

Com o Doutor Moysés e o anão, tudo bem. Grundel, Teva e Urbana, felizes... Bakunin e Babalu encontrarão seu caminho, tenho certeza.

— Acho que com Platão não teremos mais problema. Nem com o Doutor Gudinho, evidentemente. Quanto a Bollmann e Morell, também acho que está resolvido.

— Pena o que aconteceu com a pobre da Dona Raquel. Felizmente, sobrou a Dona Rebeca. E o Rio Grande continua no lugar.

Tudo parecia bem. Mas havia alguma coisa que continuava a incomodá-los, uma coisa misteriosa, sobre a qual não queriam falar.

Lá embaixo, a muitos quilômetros de distância, meio oculto entre galhos e folhas secas - o frasco brilhava ao sol, como um olho zombeteiro voltado para o avião.

FIM?